Zauberhafte Weihnachten

Daniela Felbermayr

ISBN: 1502852942
ISBN-13: 978-1502852946

1. Auflage, November 2014

Covergestaltung: Daniela Felbermayr

Coverbild: Ramona Kaulitzki über depositphotos.com

Korrektorat: S.W. Korrekturen e.U.

Kontakt:

www.pink-powderpuff-books.com

dany@pink-powderpuff-books.com

LIEBE LESER....

Und wieder neigt sich ein Jahr dem Ende zu, die stille Zeit bricht über uns herein und die Welt scheint, sich ein kleines bisschen langsamer zu drehen. Wir kommen zur Ruhe, verbringen Zeit mit unseren Lieben und feiern das Fest der Feste.

Ich wünsche euch allen ein wunderschönes Weihnachtsfest und hoffe, euch mit "Zauberhafte Weihnachten" ein kleines Schmunzeln auf die Lippen zaubern zu können.

Habt schöne Feiertage – und ein grandioses neus Jahr!

Herzlichst,

Daniela Felbermayr

INHALT

1	--19. Dezember--	1
2	--20. Dezember--	50
3	--21. Dezember--	73
4	--22. Dezember--	83
5	--23. Dezember--	102
6	--24. Dezember--	140
7	--Epilog--	169

19. Dezember

1

Weihnachten hatte Manhattan – ach Quatsch, die ganze Welt – völlig überrollt. Pudriger Schnee fiel seit Tagen in großen Flocken vom Himmel und hatte das ganze Land unter einer flauschig-kalten Decke vergraben. Die Menschen schienen zur Weihnachtszeit immer etwas ruhiger zu werden, gemächlicher, menschlicher, hatten öfter ein Lächeln auf den Lippen und rückten näher zusammen, obwohl sie wie verrückt durch Läden und Einkaufszentren wieselten, um für ihre Lieben die passenden Geschenke zu erhaschen. Die Tage schienen wie mit einem Weichzeichner gemalt worden zu sein, jede Radiostation unterstrich ihr Programm mit Weihnachtssongs und die Schaufenster und Straßen waren weihnachtlich dekoriert. Es lag ein Duft von frischen Plätzchen und Lebkuchen in der Luft, und sobald die Tage deutlich kürzer wurden, die Geschäfte ihre Weihnachtssterne, ihre Engel und Glocken an ihren Schaufenstern anbrachten, schien die ganze Welt sich einen Takt langsamer zu drehen. Andy Williams hatte schon recht, dass er seinen Titel „It's the most wonderful time of the year" der Weihnachtszeit gewidmet hatte.

Rachel Daniels sah das Ganze etwas differenzierter. Gut, man durfte sie nicht missverstehen, sie mochte Weihnachten und hatte es als Kind richtiggehend geliebt. Sie hatte oftmals schon im September damit begonnen, Wunschzettel zu schreiben und Weihnachtsbilder zu malen, und auch als Erwachsene hatte Weihnachten in ihrem Leben immer eine ganz besondere Rolle gespielt. Zum einen liebte sie die großen Weihnachtsfeste ihrer Familie, wo Tanten, Onkels, Cousins und Cousinen auf einen Haufen versammelt waren und man die ganzen Feiertage zusammen verbrachte. Ihren Tick, bereits im September mit den Weihnachtsvorbereitungen zu beginnen, hatte Rachel auch als Erwachsene beibehalten, sie fertigte ihre Geschenklisten bereits im Frühjahr an und ließ es sich nicht nehmen, sich nach Kleinigkeiten für ihre Lieben umzusehen, wenn draußen noch die Blumen blühten und man sich eher an den Strand als zum Weihnachtsbaumverkauf begab. Mit ihren siebenundzwanzig Jahren hatte sie letztes Jahr ihr Leben so richtig auf der Reihe gehabt. Sie hatte einen tollen Job als Kreativdirektorin bei einer bekannten Werbeagentur in der Madison Avenue ergattert und war längst darüber hinaus, kleine Printkampagnen in Lokalzeitungen zu kreieren. Rachel machte landesweite Werbespots und war für die A-Kunden der Agentur zuständig, die sie oftmals schon von selbst als Projektleiterin für ihre neueste Kampagne anforderten. Sie lebte mit ihrem Verlobten Calvin, den sie mit neunzehn am College kennengelernt hatte, in einem schicken, abbezahlten Stadtappartement, hatte einen großen Freundeskreis um sich und war speziell in diesem Winter damit beschäftigt, ihre Hochzeit zu planen, die – ganz klassisch – für den kommenden Mai angesetzt war. Dann war das letzte Weihnachtsfest über sie hereingebrochen und innerhalb von wenigen Augenblicken hatte sich alles verändert. Nicht nur

Rachels Leben an sich, sondern auch ihre Einstellung der „most wonderful time of the year“ gegenüber. Dabei hatte alles begonnen, wie es immer begann – zauberhaft. Rachel war voll im Weihnachtsfieber aufgegangen, hatte einen ganzen Haufen Geschenke im Schlepptau und die frischgedruckten Weihnachtskarten eingepackt. Sie hatte Kekse gebacken, den Baum geschmückt und die Päckchen, die sie und Cal öffnen wollten, wenn sie aus Seattle zurück waren, daruntergelegt. Seit Mitte Oktober wurde das Appartement mit Weihnachtssongs beschallt, wenn Rachel zu Hause war, und sie ließ es sich nicht nehmen, alte Weihnachtsfilme aus ihrer Kindheit anzusehen, um die Weihnachtsstimmung noch zusätzlich etwas zu befeuern.

Geendet hatte dieses Weihnachtsfest, das so verheißungsvoll begonnen hatte, jedoch in einem völligen Desaster und damit, dass Rachel Weihnachten praktisch aus ihrem Leben gestrichen hatte.

Wie gewöhnlich waren Rachel und Calvin zwei Tage vor Heiligabend, also am zweiundzwanzigsten, nach Seattle geflogen, um dort mit Rachels Familie im Haus ihrer Eltern die Feiertage zu verbringen. Der Rückflug war für den 3. Januar geplant und im Gepäck hatten die beiden ein unglaubliches Konvolut an bunt verpackten Geschenken. Rachel erinnerte sich noch, wie die Dame am Schalter der American Airlines sie angesehen hatte, als ob sie verrückt wäre, als sie die große Kiste, in der sich alle Päckchen befanden, einchecken wollte. Sie erinnerte sich auch, dass die Dame am Schalter zu ihrer Kollegin, die nebenan saß, meinte: „Die glaubt wohl, sie ist der Weihnachtsmann persönlich“, dabei übertrieben genervt mit den Augen rollte und sich dabei überhaupt keine Gedanken machte, dass Rachel sie hören konnte.

Die ersten drei Tage in Seattle waren verlaufen wie immer, Rachel und Calvin verbrachten sie mit Rachels Familie, gingen einkaufen und genossen die Nachmittage in dem gemütlichen Wohnzimmer auf der übergroßen Couch im Kreise ihrer Lieben. Den Heiligen Abend hatten sie im Kreise von Freunden und Verwandten bei dem genialen und stadtbekannten Truthahn ihrer Mutter verbracht. Es gab Schokoladentorte und Eierpunsch, es wurde in Erinnerungen geschwelgt und in Rachels Herz hatte sich dieses wunderbare, warme Gefühl ausgebreitet, das sie nur in der Weihnachtszeit verspürte. Alles war wie immer, und wäre Calvin nicht so furchtbar dumm gewesen, hätte er Rachel nicht für einen völligen Idioten gehalten, dann wären sie beide wohl heute noch ein Paar, längst verheiratet und die Dinge wären niemals so verlaufen, wie sie letztendlich verlaufen waren.

Rachel Daniels hatte die ungemütliche Angewohnheit, einmal in jeder Nacht, so gegen zwei, drei Uhr morgens, die Toilette aufsuchen zu müssen. Gerade, wenn sie sich im Haus ihrer Eltern befand, verknüpfte sie diesen Gang gerne mit einem kleinen Abstecher in die Küche, wo sie sich ein paar Plätzchen oder ein kleines Stückchen Schokotorte genehmigte. Diese Angewohnheit hatte sie schon als Kind gehabt und vermutlich würde sie sie ins Grab mitnehmen. So stand sie auch in der Nacht auf den 25. Dezember auf, sah auf den weißen Uralt-Radiowecker aus den Neunzigern, der immer noch auf ihrem Nachttisch in ihrem alten Kinderzimmer stand, und stellte als Erstes fest, dass es zwei Uhr zehn war. Als Nächstes bemerkte sie, dass Calvin nicht neben ihr lag, was nicht weiter verwunderlich war. Möglicherweise hatte er Durst bekommen und war aufgestanden, um sich etwas zu trinken oder einen der göttlichen Weihnachtsmuffins, die Rachels Mutter gebacken hatte und nach denen er süchtig zu sein schien, zu holen. Vielleicht hatte er auch ein ganz besonderes Geschenk für sie, das er jetzt noch schnell unter den Baum legen und sie so überraschen wollte.

Sie schlüpfte in ihren Bademantel, wickelte den Frotteegürtel um ihre Taille und genoss es, endlich wieder einmal zuhause zu sein. Ein wohlig warmer Schauer durchfuhr sie, als sie ihre nackten Füße auf den weichen Teppich in ihrem Zimmer stellte, nach draußen sah und feststellte, dass es wieder zu schneien begonnen hatte und sie sich mit jeder Faser ihres Körpers glücklich fühlte. Leise öffnete sie ihre Türe und trat hinaus auf den Flur. Das Haus lag im Dunkeln da, und sie hörte das monotone Ticken der Standuhr ihres Vaters, die unten in der Eingangshalle stand. Es war etwas heller als sonst, da der Schnee den Schein der Straßenlaternen reflektierte und das Haus so in ein warmes, diffuses Licht tauchte. Rachel ging am Schlafzimmer ihrer Eltern und dann an jenem Gästezimmer vorbei, in dem ihre Großeltern untergebracht waren. Sie ging weiter den Flur entlang und kam an dem kleinen Gästezimmer vorbei, in dem die Pflegerin von Rachels Großtante Mae schlief. Großtante Mae war über neunzig Jahre alt, schon etwas verwirrt und hatte seit einiger Zeit eine polnische 24-Stunden-Pflegerin namens Vlasta, die sich um sie kümmerte und sie natürlich auch überall hin begleitete.

Als Rachel an Vlastas Zimmer vorbeikam, hörte sie … Geräusche. Zuerst dachte sie sich nichts dabei, vielleicht hatte die Gute einen leichten Schlaf oder sah noch fern, doch schließlich realisierte sie, dass das nicht einfach Geräusche waren, die entstanden, wenn man sich von einer Seite auf die andere warf, sondern dass es sich dabei um Sexgeräusche handelte. In den ersten Augenblicken verstand Rachel überhaupt nicht, was hier gerade vor sich ging. Sie überlegte, ob sie vielleicht einen Verehrer hierher eingeladen hatte, und hielt Ausschau nach Cal, um sich gemeinsam mit ihm über die Situation zu amüsieren. Sie fragte sich sogar noch, wer denn da bei Vlasta im Zimmer sein konnte, da – bis auf ihren Vater, für den sie die Hand in Sachen Treue ins Feuer legen würde – alle Männer im Haus weit über siebzig waren. Alle. Bis auf Cal, der es sicherlich auch zum Brüllen finden würde, dass Vlasta sich hier mit Gott weiß wem vergnügte. Cal. Wo war der überhaupt? Sie sah von der Galerie ins Erdgeschoss hinunter, von wo aus man direkt die Küche einsehen konnte, die aber ebenso dunkel dalag wie der Rest des Hauses. Cal hatte sich also weder etwas zu trinken noch einen Muffin geholt. Der Türspalt unter der Toilettentür war ebenfalls dunkel, also hatte ihn kein nächtliches Bedürfnis geplagt.

Wieder kamen ganz eindeutige Geräusche aus der kleinen Kammer, in der Vlasta nächtigte. Im nächsten Moment wurde Rachel flau im Magen, und im selben Moment fiel ihr wie Schuppen von den Augen, was da drin gerade passierte. Sie fühlte sich wie in einem schlechten Film, hatte das Gefühl, in Ohnmacht fallen zu müssen, und hoffte, jeden Augenblick aus einem Alptraum aufzuwachen. Das da drin konnte unmöglich Calvin sein. Niemals. Nicht der Mann, der ihr vor einem halben Jahr einen Heiratsantrag gemacht hatte und der den Rest seines Lebens mit ihr verbringen wollte. Mh, Mh. Niemals. Never, ever. Am besten würde sie jetzt wieder zurück ins Bett gehen. Calvin war vielleicht … ja, was denn? Nach draußen gegangen, um einen Schneemann zu bauen? Hatte er sich möglicherweise irgendwo im Wohnzimmer versteckt, um darauf zu warten, bis Santa den Kamin heruntergerutscht kam, um ihm Kekse und Milch anzubieten? War er in Wahrheit selbst der Weihnachtsmann, der sich auf seinen Rentierschlitten geschwungen hatte, um die Kinder dieser Welt mit Geschenken zu versorgen? Schwachsinn. Ohne es eigentlich zu wollen und ohne groß darüber nachzudenken, drehte Rachel den Türknauf und öffnete die Türe zu Vlastas Schlafzimmer.

Ein unglaubliches Treiben herrschte auf dem Bett. Laken und Kissen wurden durch die Luft gewirbelt, zwei Körper wanden sich darauf wie ekstatische Schlangen und stöhnten fast um die Wette. Vlastas wildes, schwarzes Haar flog um ihr Gesicht, während sie ihre rot lackierten Fingernägel in den Rücken ihres Gespielen rammte, und Calvin … ja, Calvin stand durch die offenbar ziemlich anstrengende Sache, die er da gerade trieb, der Schweiß auf der Stirn. Rachel knipste das Licht an und die beiden auf dem Bett hielten augenblicklich inne. Drehten ihre Köpfe beinahe synchron zu ihr um und man konnte fast erkennen, wie Calvins Gesicht einschlief und die Farbe daraus entwich. Vlasta wirkte wohl eher verärgert darüber, dass ihrem Liebesspiel so plötzlich Einhalt geboten worden war, und wäre das alles nicht so furchtbar schockierend und traurig gewesen, hätte es gut und gerne eine Szene aus einer Slapstick-Komödie sein können.

An alles Weitere konnte Rachel sich nur noch verschwommen erinnern. Zuerst hatte Calvin damit begonnen, sich, wild gestikulierend und fast panisch wirkend, bei ihr zu entschuldigen, mehrmals fielen die ziemlich sinnlosen Phrasen wie „Es ist nicht so, wie es aussieht“, und als er bemerkte, dass er vollständig nackt vor ihr stand, was seinen Beweihräucherungen die Glaubwürdigkeit so ziemlich entzog, zog er die Decke vom Bett und wickelte sich darin ein, sodass er aussah wie Caligula, der sich – eine Toga um die Schultern – mitten in einer Orgie befand. Vlasta schien es nicht zu stören, splitternackt auf dem Bett zu liegen, ganz im Gegenteil, sie wirkte zufrieden und sah zwischen Rachel und Calvin hin und her, als würde sie eine spannende Diskussion zwischen den beiden verfolgen.

Durch all die Aufregung waren natürlich auch Rachels Eltern, ihre Großeltern und ihre beiden Großonkel Herb und Walt aufgewacht, die sich neugierig am Zimmereingang aufhielten und – im Falle von Herb und Walt – versuchten, einen Blick auf Vlasta zu erhaschen. Nur Tante Maes Schlaf schien so tief zu sein, dass sie von dem sprichwörtlichen Treiben mitten in der Nacht nichts mitbekam. Rachel erinnerte sich daran, dass ihre Mutter sie auf ihr Zimmer gebracht hatte und dass sie und ihre Großmutter versucht hatten, sie zu beruhigen. Sie erinnerte sich daran, dass sie heilfroh war, dass all ihre Tanten, Onkel, Cousins und Cousinen erst in einigen Stunden eintrudeln würden und dass Calvin nicht mehr zu ihr ins Zimmer gekommen war. Dass er nicht einmal mehr versucht hatte, sich zu entschuldigen, und dass sie davon irgendwie schockiert gewesen war. Sie erinnerte sich, wie ihr Vater ins Zimmer gekommen und in Richtung ihrer Mutter unmerklich den Kopf geschüttelt hatte, um ihr zu verstehen zu geben, dass Calvin das Haus offenbar verlassen hatte. Und sie erinnerte sich daran, dass sie darüber nachdachte, ob Cal jetzt in einem Aufzug wie ein alter Römer durch Seattles nächtliche Straßen wanderte.

Rachel selbst hatte ihr Elternhaus am Tag darauf verlassen, noch bevor ihre Verwandtschaft eintraf. Sie hatte penibel genau darauf geachtet, Vlasta nur ja nicht über den Weg zu laufen, die, nach Auskunft ihrer

Mutter, so tat, als wäre alles in bester Ordnung, und die man nur des lieben Friedens und Tante Maes Willen nicht hochkant aus dem Haus geworfen hatte. Ihre Eltern hatten ihr alle möglichen Angebote gemacht, ihr vorgeschlagen, mit ihr nach Manhattan zu reisen, Vlasta doch noch rauszuwerfen oder den Rest der Familie auszuladen, doch Rachel wollte in diesen Augenblicken ohnehin nur alleine sein und weder von Weihnachten noch von Familienfesten, Feierlichkeiten, Päckchen und Friede, Freude, Eierkuchen hören.

Zurück in Manhattan hatte sie festgestellt, dass Calvin, der wohl einige Stunden vor ihr zurückgekommen sein musste, seine Siebensachen gepackt hatte und von einer Sekunde zur nächsten aus ihrem Leben verschwunden war. Der Mann, der ihr vor einem halben Jahr unter Tränen einen Heiratsantrag gemacht hatte, der sie in wenigen Monaten hatte zur Frau nehmen wollen. Der Mann, der sie niemals an seiner Liebe zu ihr hatte zweifeln lassen und für den sie die Hand ins Feuer gelegt hätte, dass er bis zum Rest ihrer Tage an ihrer Seite blieb. Innerhalb von wenigen Stunden hatte Cal alles, was ihm gehörte, aus Rachels Appartement entfernt und war aus ihrem Leben verschwunden. Ihren Sinn für Weihnachten hatte er mitgenommen.

2

Obwohl die Temperaturen ziemlich tief unter null gesunken waren, war es in der Abflughalle des JFK brennend heiß. So empfand Rachel das zumindest. Die Jahre zuvor hatte sie es geliebt, sich durch Menschenmengen zu arbeiten, während alle in Weihnachtsstimmung waren, man von überall her Weihnachtslieder hörte und das ganze Land weihnachtlich dekoriert war.

Jetzt war das anders. Sie hatte ihren Eltern und ihren Großeltern Gutscheine gemailt und auf Weihnachtskarten und Weihnachtsgedichte verzichtet. Mit wem hätte sie auch eine gemeinsame Weihnachtskarte verschicken sollen? Mit dem Hausmeister aus ihrem Appartement? Oder der Verkäuferin am Hotdogstand vor ihrem Büro? Sie hatte versucht, Weihnachten so gut es ging auszublenden, und das war ihr fast perfekt gelungen. Sie hatte Weihnachtsfeiern gemieden wie der Teufel das Weihwasser, hatte im Supermarkt einen großen Bogen um Weihnachtskekse gemacht, den Radiosender gewechselt, wenn irgendwo ein Weihnachtssong angespielt wurde, und ihre heißgeliebten Weihnachtsfilme, die jedes Jahr zum Pflichtprogramm gehörten, hatte sie in einer Kiste ganz weit hinten in ihrer Rumpelkammer verstaut. Weihnachtsbaum? Ebenfalls Fehlanzeige, noch nicht einmal ein einziger Faden Lametta befand sich in ihrem Appartement. Doch die Krönung des Ganzen stand ihr noch bevor:

Sie war auf dem Weg nach Hawaii, wo sie ihre Ferien verbringen und Weihnachten noch weiter ins Aus drängen wollte. Der Heilige Abend unter Palmen und bei dreißig Grad – viel weniger weihnachtlich ging es wohl kaum. Selbst bei der Auswahl des Hotels hatte sie darauf geachtet, dass keinerlei hotelinternen Feierlichkeiten auf dem Programm standen, und tatsächlich ein Haus gefunden, das Weihnachten wohl ebenso sehr abschwor wie sie selber.

Sie warf einen Blick auf ihr Ticket und auf die übergroße Anzeigetafel, die sich hoch oben vor ihr befand, suchte den Flug nach Honolulu und fragte sich, was der Zusatz „Bitte kontaktieren Sie das Bodenpersonal" daneben wohl zu bedeuten hatte. Ihren Koffer im Schlepptau reihte sie sich in eine Schlange der Hawaiian Airlines ein.

„Hallo, Ma'am, wie kann ich Ihnen helfen?"
Eine adrett wirkende Dame mit blondem, zu einem perfekten Dutt gestecktem Haar und einer Uniform mit dem Hawaiian-Logo darauf lächelte Rachel gekünstelt an. Um ihren Hals baumelte eine filigrane Kette, die den Blumenketten, die auf Hawaii traditionell überreicht wurden, nachempfunden war.
„Ich bin auf den Flug nach Honolulu um zwei Uhr gebucht", sagte Rachel, „und an der Anzeigetafel stand, Passagiere dieses Fluges sollten sich an das Bodenpersonal wenden."
Die Stewardess verzog das Gesicht und das künstliche Lächeln wurde zu einem gequälten Lächeln.
„Oh, Ma'am, es tut mir leid, aber leider ist Ihr Flug

gestrichen worden.“
Rachel sah die Frau an.
„Wie darf ich das verstehen?“
„Nun, Ma’am, über Honolulu ist eine Erdbebenwarnung ausgegeben worden, der Flugverkehr wurde bis auf Weiteres eingestellt. Sie erhalten Ihr Ticket natürlich refundiert. Oder wir buchen Sie auf einen anderen Flug um, sobald der Flugverkehr wieder freigegeben ist.“
Wieder das künstliche Lächeln.
„Wann … wird denn der Flugverkehr wieder freigegeben sein?“, fragte Rachel vorsichtig.
Ein paar Stunden, vielleicht einen Tag würde sie dem Weihnachtshorror vor Ort sicherlich noch entgehen können.
Das künstliche Lächeln wurde breiter.
„Wir rechnen damit, dass wir ab dem 27. Dezember wieder regulär fliegen.“ Sie tippte etwas in ihren Computer. „Ich könnte Sie dann auf einen Flug Anfang Februar buchen, wenn Sie möchten. Und als kleines Extra buche ich Sie Business und nicht Economy.“
Sie grinste, als hätte sie soeben den Weltfrieden verkündet und gleichzeitig alle Probleme der Menschheit aus der Welt geschafft.
„Ich möchte aber nicht Anfang Februar fliegen, sondern jetzt“, sagte Rachel.
„Ma’am, das tut mir leid, keine Fluglinie fliegt Hawaii in den nächsten Tagen an, es ist viel zu gefährlich.“
Rachel rührte sich nicht von der Stelle.
„Darf ich Ihr Ticket nun refundieren oder umbuchen?“
Die Bodenstewardess wirkte etwas nervös und warf einen Blick auf die Schlange, die sich hinter Rachel gebildet hatte. Es sah ganz so aus, als würde sie an

diesem Tag noch jeder Menge weiterer Passagiere ihre Urlaubsfreuden verderben.
„Ich …"

Ein Flug Anfang Februar kam nicht in Frage und war auch nie geplant gewesen. Anfang Februar sollte sie eine landesweite Kampagne für einen Autohersteller präsentieren, die sicherlich mehrere Wochen in Anspruch nahm, hatte also keine Zeit, sich am Strand von Honolulu braten zu lassen. Und außerdem wollte sie Weihnachten aus dem Weg gehen, was eigentlich der einzige Grund für diese Reise war. Ungeduldig sah die Stewardess Rachel an.
„Refundieren Sie es", sagte sie schließlich und reichte ihr das Ticket.

Kurz darauf zog sie ihren Koffer hinter sich her durch die Abflughalle. Das war ja schön in die Hose gegangen. Sie setzte sich auf eine der zahlreichen Wartebänke und wog ihre Möglichkeiten ab, während Passagiere, deren Flüge nicht gestrichen worden waren, an ihr vorbeiwuselten. Ein mulmiges Gefühl breitete sich kurzzeitig in ihr aus. Sie würde nun Weihnachten ganz allein in Manhattan – DER Weihnachtsstadt überhaupt – verbringen müssen. Natürlich könnte sie immer noch nach Seattle fliegen und mit ihrer Familie feiern. Sich von Onkels, Tanten, Cousinen, Neffen und Nichten bemitleiden lassen, weil sie ja am vergangenen Weihnachten sitzen gelassen worden und weil ihre Hochzeit geplatzt war. Man würde sie mit Fragen löchern, wie es ihr ging (wie wohl, es war Weihnachten und sie war Single), ob sie etwas von Calvin gehört hatte (nein), ob sie denn jemand Neuen kennen gelernt hatte (ebenfalls nein) und dass jeder sich gut vorstellen konnte, wie schwer es sein musste, Weihnachten allein zu verbringen. Nein, Weihnachten in Seattle fiel definitiv flach.

Eine weitere Option bestand darin, zurück nach Hause zu fahren und sich die nächsten paar Tage in ihrem Appartement zu verkriechen. Sich abwechselnd unterschiedliches Fast Food in rauen Mengen bestellen, sich mit ungesunden Snacks, Coke und ein paar Flaschen Wein einzudecken und sich durch all die Blu-Rays, DVDs und Bücher zu arbeiten, die sie längst hatte ansehen beziehungsweise lesen wollen. Vermutlich war das gar keine so dumme Idee und auf alle Fälle besser, als hier herumzusitzen und auf ein Wunder zu warten, das nicht kam. Immerhin musste sie nur bis zum zweiten Januar durchhalten. Dann würde all der Weihnachtsklimbim genauso schnell wieder von der Bildfläche verschwunden sein, wie er aufgetaucht war, und die Welt würde sich wieder der Normalität widmen. Zwischen den Feiertagen konnte sie ins Büro gehen und sich vorab auf die Auto-Kampagne vorbereiten, was sicherlich keine schlechte Idee war. Der Gedanke gefiel ihr, sich im Supermarkt mit allerlei ungesunden Dickmachern und einem gehörigen Vorrat an Rotwein einzudecken und für ein paar Tage abzutauchen. Die beste Gelegenheit, um ihre Akkus aufzuladen, Energie zu tanken und gut erholt ins neue Jahr starten zu können. Sie würde ihr Handy ausmachen, das Notebook nicht einschalten und sich einfach für ein paar Tage in ihrer Welt verkriechen.

Sie wollte gerade aufstehen, als ihr Blick auf ein Plakat ihr gegenüber fiel, das ihre Aufmerksamkeit auf sich zog. Keine zehn Meter von ihr entfernt befand sich ein kleiner Stand, der zu einem größeren Reisebüro in der City gehörte. „Headin' out for Christmas“ stand auf dem Plakat und darunter konnte man ein Pärchen, eine Frau und einen Mann sehen, die so aussahen, als wären sie auf der Flucht. „Keine Lust auf traditionelle Weihnachten? Wir haben Restplätze“, verkündete ein Text unterhalb des Pärchens. Rachel ging auf das Plakat zu und sah es sich an. Möglicherweise ergab sich doch noch eine andere Lösung für ihr Weihnachtsproblem.

„Na, wollen Sie Weihnachten entfliehen?“
Rachel erschrak, als ein Mann, als Santa verkleidet, neben ihr auftauchte und sie anlächelte. Er war groß und dick, hatte schneeweißes Haar und einen Rauschebart, fast so, als wäre er frisch von einem Coca-Cola-Werbeplakat herabgestiegen.
„Ich … Arbeiten Sie hier?“, stellte Rachel die Gegenfrage.
Der Weihnachtsmann lachte und klang genau so, wie sie sich einen lachenden Weihnachtsmann immer vorgestellt hatte. Der Typ wäre der Hit in einem Kindergarten gewesen. Oder im Weihnachtsland im Einkaufszentrum.
„Nur über die Feiertage, mein Kind“, sagte er und nahm auf einem kleinen Hocker Platz, der unter

seinem enormen Gewicht zu brechen drohte. „Also, kann ich dir vielleicht einen Platz in einer hübschen kleinen Pension anbieten?“
„Eigentlich“, begann Rachel, „hätte ich lieber etwas nicht allzu Familiäres.“
Der Weihnachtsmann zog eine Augenbraue hoch und sah sie fragend an.
„Ich ... da gibt es etwas, das ich noch verarbeiten muss“, rechtfertigte sie sich.
Immerhin stand sie hier vor dem Weihnachtsmann.
Der Weihnachtsmann, der eigentlich „Sam“ hieß, so wie es das Namensschild auf seinem Revers verkündete, tippte etwas in seinen Computer.
„Ich könnte dir das *Four Seasons* in Fairview, Illinois, anbieten“, sagte er.
„*Four Seasons*“, wiederholte Rachel und fand den Gedanken daran, die Weihnachtsfeiertage in einem Luxushotel zu verbringen, mit einem Mal fast besser, als sie auf Honolulu zu fristen. Sie konnte sich selbst einige Massagen und Wellnessbehandlungen gönnen, den Spa-Bereich nutzen, der zu den Feiertagen sicherlich nicht so überlaufen war wie sonst, sie könnte lesen, die Seele baumeln lassen und würde als neuer Mensch wieder zurück in den Alltag kehren. Ein perfektes Weihnachtsfest also.
„Warum eigentlich nicht“, sagte sie mit einem Lächeln auf den Lippen.

Wenig später hatte Rachel ein Flugticket und einen Hotelgutschein sowie eine Broschüre des *Four Seasons*, Fairview Illinois, in den Händen und machte sich auf den Weg zu ihrem Flugsteig. Sie würde zwar noch mit dem Zug von Chicago nach Fairview fahren müssen, der Weihnachtsmann bzw. der Mitarbeiter des Reisebüros hatte ihr aber versichert, dass sie jemand vom Hotel am Bahnhof in Fairview abholen würde.

Erst, als sie im Flugzeug saß und sich mehrere Meilen über dem Erdboden befand, kam ihr der Gedanke in den Sinn, dass es reichlich seltsam war, dass ein *Four Seasons* in einer Kleinstadt wie Fairview vorhanden war. Sie erinnerte sich, dass der Weihnachtsmann am Schalter des Reisebüros von einer *„netten Kleinstadt mit etwa 550 Einwohnern“* gesprochen hatte. In dem Augenblick hatte sie die Info zwar zur Kenntnis genommen, sie aber nicht weiter beachtet. Erst jetzt fiel ihr wie Schuppen von den Augen, dass es gar nicht möglich war, dass ein Riesenluxushotel seine Pforten in einer 550-Seelen-Gemeinde mitten im Nirgendwo öffnen würde.

Aufgeregt nestelte sie in ihrer Handtasche herum und zog die kleine Broschüre heraus, die sie erhalten hatte. War sie am Ende einem Betrüger aufgesessen? War es für einen Betrüger überhaupt möglich, sich auf einem Flughafen – einem der sichersten Orte der Staaten, wie Rachel fand – auszubreiten und seine Dienste anzubieten? Und wenn der Weihnachtsmann ein Betrüger war, wieso hatte er ihr dann ein gültiges Ticket verkauft, mit dem sie ohne Weiteres in das Flugzeug hatte steigen können? Sie drehte die Broschüre langsam in ihren Händen und sah sie entgeistert an. Es handelte sich dabei noch nicht einmal um eine Hochglanzbroschüre mit Profifotos, die obendrein noch bearbeitet worden waren, in einer eleganten Aufmachung, die Lust auf mehr machten, sondern um ein wohl sehr günstig produziertes, dünnes A4-Blatt, das man dreimal gefaltet hatte und das schon ziemlich abgegriffen aussah. Auch das war etwas, was ihr vorhin entgangen war. Fassungslos starrte sie die kleine Broschüre an.

„Willkommen im *Four Reasons*" stand da in roten, geschwungenen Buchstaben, darunter war ein Bild von vier älteren Damen, die Rachel an eine Neuauflage der „Golden Girls" erinnerten und die, wie sich herausstellte, die Eigentümerinnen einer kleinen Pension namens *Four Reasons* waren. Rachel war sich sicher, dass der Weihnachtsmann am Schalter niemals *Four Reasons*, sondern immer nur *Four Seasons* gesagt hatte, er hatte sie also tatsächlich schlichtweg übers Ohr gehauen. Dieser Mistkerl.

Sie studierte die Broschüre und erfuhr, dass jede der Eigentümerinnen einen Grund, also „A Reason", darstellte, warum man seinen Urlaub in der kleinen Pension verbringen sollte. Da war zuerst Louise, Baujahr 1929 und somit fünfundachtzig Jahre alt. Louise war die gute Seele des Hauses und die beste Köchin im Staate Illinois, wenn nicht sogar auf der ganzen Welt. Sie zauberte großartige Braten, Aufläufe und Kuchen und hatte immer ein Auge darauf, dass das Frühstücksbuffet für die Gäste gut gefüllt war und nur ja keine Wünsche offen ließ. Louise sorgte für das Wohl der Gäste und hatte auch immer ein Ohr für deren Sorgen und Problemchen. Der zweite „Grund“ hieß Martha, 65 Jahre alt und war die offizielle Leiterin des *Four Reasons*. Martha war die Geschäftsfrau unter den vier Damen, sorgte dafür, dass alles zur Zufriedenheit der Gäste lief, und hatte immer die ein oder andere Überraschung in petto. Dann war da noch Rose, 64 Jahre alt, die ebenfalls immer ein offenes Ohr für die kleinen und großen Sorgen ihrer Gäste hatte und die „Mutter vom Dienst“ darstellte. Egal, wo der Schuh drückte, Rose war zur Stelle und half, wo sie nur konnte. Nicht zu vergessen die junggebliebene Alice, die mit ihren 60 Jahren die Jüngste unter den vier Damen war und immer wusste, wo etwas los war, und für die Pensionsgäste Ausflüge aller Art organisierte.

Die Innenseite der Broschüre zierten einige selbstgeschossene, zum Teil verschwommene Fotos der Pension selbst. Es handelte sich dabei um ein altes, viktorianisches Haus mit Dachgiebeln und hohen Fenstern, einem stufigen Weg, der hinauf zur Veranda führte, und der von Buchsbäumen gesäumt war. Die Broschüre verriet, dass das *Four Reasons* acht Zimmer für insgesamt sechzehn Gäste anbot und aufgrund der kleinen Größe ein sehr familiäres Umfeld darbot. Gegessen wurde mit den Damen in deren Küche und auch die Abende konnten mit der „Geschäftsführung“ bei Spiele- oder Fernsehabenden verbracht werden.

Rachel ließ sich in ihren Sitz sinken und seufzte. Der Weihnachtsmann hatte sie in einer Pension mitten im

Nirgendwo untergebracht, die von der Neuauflage der „Golden Girls“ geleitet wurde. Die Broschüre zeigte noch einige Bilder von Gästezimmern, die bunt zusammengewürfelt eingerichtet und mit reichlich Nippes dekoriert worden waren.

Das große Highlight des *Four Reasons* war angeblich der abendliche Spieleabend mit den Damen des Hauses. Rachel überlegte. Welche Alternativen hatte sie nun? Sie konnte in Chicago ihren Rückflug buchen und die Feiertage über in New York verbringen, wie sie eigentlich vorgehabt hatte, nachdem ihr Honolulu-Flug gestrichen worden war. Sie konnte sich immer noch entscheiden, nach Seattle zu fliegen (nein, *das* kam definitiv nicht in Frage) oder sie konnte das Risiko eingehen und sich das *Four Reasons* ansehen. Immerhin hatte sie die Reise bereits bezahlt, und soweit sie sich erinnern konnte, hatte der Weihnachtsmann etwas von „nicht rückerstattbar“ gesagt. Im schlimmsten Fall konnte sie nach einer Nacht immer noch das Weite suchen und zurück nach Hause fliegen. Sie warf noch einmal einen Blick auf die Broschüre und die vier Damen, die davon herablachten, seufzte und bereitete sich mental auf ihren Aufenthalt in Fairview vor.

3

Rachel war wie gerädert, als sie um kurz nach acht Uhr abends am Bahnhof von Fairview ankam. Sie hatte ganze zwei Mal umsteigen müssen, um überhaupt hierher zu gelangen, und vor der zweiten Anschlussverbindung musste sie eine geschlagene Stunde in einer eiskalten Bahnhofswartehalle mitten im Nirgendwo totschlagen. Sie war heilfroh, dass sie ihr Ziel endlich erreicht hatte, und mittlerweile wirkte die Vorstellung des *Four Reasons* auf sie längst wie das *Four Seasons*, solange es nur ein Bett dort gab.

Der Weihnachtsmann hatte ihr versichert, dass sie jemand vom Bahnhof abholen würde, und so wie sie es von den Warteplätzen der großen Hotelketten in der Central Station gewohnt war, hatte sie gar nicht lange nachgefragt, nach wem sie Ausschau halten musste. Bestimmt war ein Fahrer des Hotels in hoteleigener Uniform und mit einem Schild mit der Aufschrift „Miss Rachel Daniels" längst vor Ort. Wie das *Four Reasons* es handhabte, seine Gäste abzuholen (vermutlich mit einem alten Karren, gezogen von einem Ochsen, dachte sie gehässig), wusste sie nicht.

In Fairview waren nicht viele Passagiere ausgestiegen, neben ihr hatte sich nur ein alter Mann auf den Bahnsteig verirrt, der aber zielsicher die Wartehalle verließ und dann verschwunden war. Die kleine Wartehalle war spartanisch eingerichtet und vermutlich seit den letzten einhundert Jahren nicht mehr renoviert

worden. In der Mitte gab es zwei Holzbänke, die mit den Lehnen gegeneinander standen, in einer Ecke befand sich ein alter Getränkeautomat, dessen Fächer aber fast alle mit „leer“ beschriftet waren. An der gegenüberliegenden Seite fand sich ein Schalter, dessen Markise heruntergelassen war, auf der ein Schild verkündete „Während der Feiertage kaufen Sie Ihre Tickets bitte direkt im Zug“.
„Großartig“, murmelte Rachel in die leere Halle hinein. Es schien so, als wäre sie der einzige Mensch hier auf Erden, und für einen Augenblick kam ihr die Serie „The Walking Dead“ in den Sinn, bei der wenige Überlebende in eine ausgestorbene Welt hineingeworfen wurden, die von Zombies regiert wurde. Genauso ausgestorben, wie die Kulissen der Serie das Land zeigte, war es hier in Fairview. Weder draußen am Bürgersteig entdeckte sie Menschen noch hier drin in der Wartehalle. Womöglich hatte der Weihnachtsmann etwas durcheinandergebracht (immerhin hatte er das *Four Seasons* ja auch nicht vom *Four Reasons* unterscheiden können) und niemand würde sie abholen. Bei ihrem Glück war sie obendrein noch im völlig falschen Fairview gelandet.

Ihr Handy hatte noch vor Abflug den Geist aufgegeben, zu einem Zeitpunkt, wo sie sich noch sicher war, es nach ihrer Ankunft in einem Luxushotel aufladen zu können. Ob das *Four Reasons* bzw. Fairview an sich überhaupt über Strom verfügte, wagte sie mittlerweile zu bezweifeln. Sie sah sich nach einer Telefonzelle um, konnte aber keine entdecken, was wiederum ohnehin sinnlos gewesen wäre. Sie wusste nicht, wo genau sie war, und kannte weder die Nummer eines Taxirufs noch die genaue Adresse vom *Four Reasons*, die nicht auf der Broschüre abgedruckt war. Außerdem war sie noch nicht einmal sicher, ob die Telefonnummer, die sie der Broschüre entnommen hatte, noch stimmte. Am besten wäre es wohl, befand sie, wenn sie versuchte, irgendwie zurück in die Zivilisation zu gelangen. Selbst wenn sie einige Zeit hier auf dem Bahnhof verbringen musste, irgendwann kam bestimmt ein Zug, der sie irgendwohin brachte, von wo aus sie zurück nach Manhattan oder wohin auch immer gelangte.

Sie ging hinaus in die Kälte, um sich doch nach einer Telefonmöglichkeit umzusehen oder einem Taxi, das sie ins *Four Reasons* bringen könnte, doch wenn sie ehrlich mit sich war, dann kam ihr die Alternative, zurück nach Hause zu fahren, mittlerweile reizvoller vor, als ihren Urlaub tatsächlich hier zu verbringen. Es würde vermutlich in eine Tortur ausarten, wieder zurück nach New York zu reisen, sie würde hundemüde sein, wenn sie ankam, und vermutlich wären die Flüge auf den letzten Drücker unglaublich teuer, aber selbst wenn sie ihr letztes Hemd hätte geben müssen, um zurück nach Hause zu kommen, wäre sie dazu bereit gewesen.

Der Wind, der ums Bahnhofsgebäude wehte, war kälter, als sie es aus der Stadt gewohnt war. Eisig biss er in ihr Gesicht, hüllte ihre Hände und Ohren in Kälte und sie zog ihren Mantel fester zu. Dicke Schneeflocken setzten sich auf ihre Schultern, ihr Gesicht und ihr Haar, als wollten sie sie gefangen nehmen. Auch *vor* der Bahnhofshalle fand sich weder eine Menschenseele noch eine Telefonzelle. Den Bahnhofsvorplatz zierte ein Parkplatz mit wenigen Parkmöglichkeiten, die aber allesamt ebenso leer waren, wie dieses ganze Kaff generell zu sein schien. Eine einzelne Straßenlaterne schenkte dem Platz spärliches Licht und alles in allem war es drinnen sicherlich gemütlicher als hier draußen.

Gerade als Rachel wieder umdrehen und zurück in die Halle gehen wollte, um zu überlegen, was sie nun tun sollte, entdeckte sie etwas weiter hinten einen Schatten, der mit etwas in der Luft fuchtelte und auf sie zugelaufen kam.

„Halt, Halt, warten Sie“, rief die Gestalt.
Rachel sah sich um, und da sie sonst niemanden entdecken konnte, blieb sie stehen. Als die Gestalt näher kam, erkannte sie eine ältere Dame mit wirren, dunkelbraunen Locken und knallrotem Lippenstift. Sie trug einen Wollpullover mit einem überdimensionalen Weihnachtsmann darauf, zu dessen Füßen Zuckerstangen und Bonbons verteilt lagen. Rachel musste schmunzeln. Keuchend kam die Dame, die für ihr Alter noch ziemlich gut in Schuss zu sein schien, vor ihr zum Stehen.
„Ich … ich glaube, ich bin hier, um Sie abzuholen. Sie sind … Rochelle Daniels, richtig?“
„Eigentlich heiße ich Rachel“, sagte Rachel und fand die alte Dame auf Anhieb nett.
„Gott sei Dank habe ich Sie erwischt, Rochelle“, sagte die Frau.

„Ich habe mich beim Abendessen einfach verquatscht und völlig vergessen, dass Sie jetzt ankommen."
Rachel lächelte die Dame an und korrigierte sie bezüglich ihres Namens kein zweites Mal.
„Ich bin übrigens Rose vom *Four Reasons*, Sie haben bei uns gebucht, richtig?"

Erwartungsvoll sah Rose sie an. Rachel erkannte, dass dies eine einmalige Gelegenheit war, diesen „Urlaub" sein zu lassen. Sie musste nur behaupten, nicht im *Four Reasons* gebucht zu haben, sondern ... Tante Jane in der Elmstreet (jede amerikanische Stadt hatte eine Elm) besuchen zu wollen. Rose würde wieder nach Hause fahren, sie konnte versuchen, in die Zivilisation zu gelangen, und niemand hätte sich was vergeben. Sogar das Geld für ihren Aufenthalt hätten die Damen vom *Four Reasons* behalten können, ohne dadurch Aufwand zu haben. Rachel wusste selber nicht, warum sie im nächsten Moment sagte: „Richtig, ich habe bei Ihnen gebucht, aber eigentlich heiße ich Rachel und nicht Rochelle."
Die Lippen von Rose verzogen sich zu einem freundlichen Lächeln.
„Na, dann kommen Sie mal mit, Roch... Äh ... Rachel."

Wenige Augenblicke später saß Rachel in dem seltsamsten Fahrzeug, das ihr jemals untergekommen war. Rose hatte sie zu einem kleinen, roten, uralten Auto geleitet, das entfernte Ähnlichkeit mit einem Mini aus den Siebzigern hatte. Nur dass es kein Mini war. Und obwohl Rachel bezweifelte, dass in dieses kleine

Gefährt zwei Erwachsene *und* ihr Gepäck passten, entpuppte sich das kleine Mobil als wahres Raumwunder.

„Wir sind wirklich froh, Sie bei uns im *Four Reasons* begrüßen zu dürfen, Kindchen“, sagte Rose, während das markenlose kleine Fahrzeug eifrig die verschneiten Straßen hinaufrollte. „Es wird Ihnen bei uns gefallen. Louise hat ihre weltberühmten Schokoladenmuffins gebacken. Die sind mit Nougatcreme gefüllt, Sie werden sie lieben.“

Rachel fühlte ein seltsames, warmes Gefühl in sich aufkommen. Obwohl sie eigentlich stinksauer gewesen war, weil man sie gelinkt und auf den Arm genommen hatte, weil sie nun hier in diesem Kaff und nicht in einem luxuriösen *Four Seasons* ihre Zeit verbringen sollte, fühlte sie sich hier im Auto mit Rose wohl. Vielleicht war diese kleine Pension doch nicht so schlecht, wie sie gedacht hatte – besser, als alleine in ihrem Appartement in New York zu versauen, war sie allemal.

„Sind denn viele andere Gäste über die Feiertage bei Ihnen?“, fragte Rachel, um vorsichtig vorzufühlen, auf wie viel Trubel sie sich würde einlassen müssen. „Außer Ihnen nur einer, irgend so ein eigenbrötlerischer Kerl, der vor zwei Tagen eingecheckt hat und den wir seither nicht mehr gesehen haben. Er geht jeden Tag eine Stunde in der Morgendämmerung spazieren und lässt sich sein Essen aufs Zimmer bringen. Louise und Martha müssen es vor der Tür abstellen und anklopfen, noch nicht einmal persönlich reinbringen dürfen sie es.

Gut, dass Louise eine Frühaufsteherin ist. Sie kann das Zimmer in Ordnung bringen, wenn er spazieren geht. Ansonsten hört und sieht man nicht viel von diesem Mann."
Rachel schmunzelte. Sie war eindeutig in einer Kleinstadt gelandet, wo Klatsch und Tratsch an der Tagesordnung standen und man sich keine großen Gedanken darüber machte, was man wem erzählte, selbst wenn der Gesprächspartner noch keine halbe Stunde in Fairview angekommen war.

„Und warum verbringst du deine Ferien bei uns, Kindchen?", fragte Rose, während sie von der Hauptstraße in eine verschneite Seitenstraße einbog. Pudriger Schnee hatte sich auf der Straße niedergelassen, vereinzelt entdeckte Rachel Spuren von Wild, das sie überquert haben musste. Sie stellte amüsiert fest, dass die lustige alte Dame vom förmlichen „Sie" zum „Du" übergegangen war.
„Ich … hatte einfach mal Lust auf einen Tapetenwechsel", sagte Rachel. „Mein Verlobter und ich haben uns vergangene Weihnachten getrennt, und ich wollte nicht schon wieder mit der Vergangenheit konfrontiert werden, wo ich es gerade erst geschafft hatte, sie halbwegs zu verarbeiten. Eigentlich wollte ich Urlaub auf Hawaii machen, aber mein Flug wurde gestrichen, sodass es mich hierher verschlagen hat."
Sie war überrascht darüber, dass es ihr so leichtfertig gelang, über ihre Trennung zu sprechen, immerhin hatte gerade dieses Thema immer alte Wunden aufgerissen, sodass sie es lieber umgangen war, als es anzusprechen. Erst recht, jemand völlig Fremdem

gegenüber.
„Bei uns gefällt es dir sicherlich, Liebes“, sagte Rose und lächelte auf ihre ganz eigene, herzliche Art, die Rachel sofort aufgefallen war.

Sie hielt den Wagen vor einem hübschen, viktorianischen Haus an, das im Dunkeln dalag und das Rachel schon von der Broschüre kannte. Einige breite Treppenstufen führten zu einer augenscheinlich großen Veranda. Ein rotes Blechschild hing an einem Steher vor dem Gehweg, der „Willkommen im *Four Reasons*“ verkündete. Das Haus hatte zwei Stockwerke und noch einige Zimmer unter dem Dach, hatte Rose ihr auf der Fahrt hierher erklärt und somit die Broschüre zitiert. Sie und ihre drei Freundinnen leiteten die Pension seit Mitte der 1980er-Jahre. Es gab acht Gästezimmer, ein Kaminzimmer, in dem man sich abends zum gemütlichen Beisammensein treffen konnte, und gegessen wurde gemeinschaftlich in der geräumigen Küche des Hauses. Alles also ganz familiär und liebenswert. Die Fenster waren dunkel, nur in einem von ihnen brannte Licht – dort musste der eigenbrötlerische Typ wohnen, von dem Rose erzählt hatte.

Als Rachel aus dem Wagen stieg, hüllte sie neuerlich ein Schwall Kälte ein. Wieder wurde ihr bewusst, dass sie in New York noch niemals solche Kälte verspürt hatte. Rose hatte sich währenddessen am Kofferraum zu schaffen gemacht und begann, Rachels Koffer herauszuhieven.

„Warten Sie“, rief Rachel und hatte ein schlechtes Gewissen dabei, die alte Dame ihr Gepäck schleppen zu lassen. „Ich nehme das schon.“
„Keine Sorge, Kindchen, ich hab genügend Muskeln“, lächelte die verschmitzte alte Dame und war fast verärgert, als Rachel ihr das Gepäck abnahm.
„Wo hab ich jetzt nur wieder die Schlüssel“, murmelte Rose schließlich zerstreut – mehr zu sich selbst als zu Rachel –, als die beiden einige der Stufen genommen hatten.
Sie klopfte ihre Taschen ab und wühlte in ihrer übergroßen Handtasche. Rachels Blick fiel zu dem einen Fenster, in dem Licht brannte. Es befand sich im Geschoss direkt unter dem Dach, und sie erkannte, dass jemand am Fenster saß und sie beobachtete. Rachel winkte der Gestalt am Fenster zu – es musste sich um den Mann handeln, der seit zwei Tagen hier war –, erhielt jedoch keine Reaktion. Er war offensichtlich wirklich ein Eigenbrötler.

„Hier ist er. Hier ist er, hier ist er, hier ist er, hier ist er“, lachte Rose, während sie einen Schlüsselbund, der dem eines Gefängniswärters aus dem frühen 19. Jahrhundert ähnelte, aus ihrer Jackentasche zog. An dem Bund baumelte ein für einen Schlüsselanhänger ziemlich großer Schneemann, sodass Rachel sich fragte, wie Rose dieses Ding überhaupt hatte verlegen können.

„So, dann komm mal mit, wir haben uns lange genug hier durchgefroren. Wir gehen rein und wärmen uns erst einmal auf.“

4

Rachel hatte schon viele Hotels und Pensionen gesehen, seien es berufliche oder private Aufenthalte gewesen, doch das *Four Reasons* tanzte dabei völlig aus der Reihe. Es sah vielmehr wie ein ganz normales Haus aus als wie ein Hotel. Nachdem Rose die Haustüre geöffnet hatte, fand Rachel sich in einem großen Wohnzimmer wieder, das zwar mit Nippes und alten Möbeln fast überladen war, aber dennoch unglaublichen Charme versprühte. Den Mittelpunkt bildete eine große, geblümte Couch im vorderen Bereich des Zimmers, dessen Seiten zwei große, gemütliche Ohrensessel flankierten und der gegenüber ein großer, alter Fernseher stand. Im hinteren Bereich gab es ebenfalls einige Sitzmöglichkeiten, weitere Ohrensessel, von denen man aus dem Fenster sehen und den Garten beobachten konnte, und kleinere Stühle, die um kleinere Tische herumstanden und so eine nette Unterhaltung, vielleicht bei einer Tasse Tee, ermöglichten. Weiter hinten gab es neben einem in die Wand eingelassenen Bücherregal, das mit den verschiedensten Titeln vollgestellt war, weitere zwei Lesesessel und einen kleinen Tisch. Der gesamte Raum war mit rotem, warm wirkendem Teppich ausgelegt und ganz rechts führte eine Tür vermutlich in die Küche. Im Bereich hinter der Couch führte eine Treppe mit weißem, verschnörkeltem Geländer in die oberen Etagen, und obwohl dieses Haus mit einem *Four Seasons* oder irgendeinem anderen Hotel in der

Welt so überhaupt nichts gemeinsam hatte, wusste Rachel, dass sie sich hier wohlfühlen würde.

„Komm nur herein, Liebes“, sagte Rose, während Rachel die Tür hinter sich schloss und ihren Mantel ablegte.
„Muss ich denn nirgendwo einchecken oder so?“ Rachel sah sich um, eine Rezeption suchte sie allerdings vergeblich.
Rose lachte.
„So modern sind wir nicht“, sagte sie. „Du musst dich nur in unser Gästebuch eintragen, das Martha verwaltet, das hat aber Zeit und muss nicht sofort sein. Jetzt komm erstmal rein, ich stelle dich den anderen vor und wir trinken eine schöne Tasse Kakao.“

Rachels Herz wurde warm. Sie hatte mit vielem gerechnet und sich auf ein Luxushotel gefreut. Doch dass sie sich in der kleinen Pension hier vom ersten Augenblick an so wohl fühlen würde, hätte sie sich nicht träumen lassen.

Rose ging voraus, hinter der Couch vorbei auf die Tür zu, die, wie Rachel vermutet hatte, tatsächlich in die Küche führte. In eine geräumige, warme und freundlichen Küche, die im selben Stil wie das Wohnzimmer eingerichtet war und genauso gemütlich wirkte. Im linken, vorderen Bereich stand ein großer, runder Tisch aus massivem Holz mit einer weihnachtlichen Tischdecke und weihnachtlicher Deko darauf. Um den Tisch herum standen acht Holzstühle, die mit Hussen bezogen waren, die aussahen wie

Weihnachtsmannmützen. Die Küche selbst war eine durchschnittliche, große Küche, wie man sie in jedem anderen amerikanischen Haushalt hätte finden können. Sie war ordentlich und aufgeräumt, aber auch hier setzte sich Nippes und Kleinkram durch. An der Kücheninsel stand eine kleine, alte Dame und war gerade dabei, einige Sandwiches zu belegen. Sie sah auf, als Rose und Rachel durch die Tür kamen.

„Louise, sieh nur, wen ich mitbringe."
Die alte Dame – Louise – legte das Messer aus der Hand, mit dem sie die Sandwiches gerade eben durchgeschnitten hatte, wischte sich die Hände an ihrer Schürze ab und kam auf Rachel zu.
„Was für ein hübsches Kind", sagte die alte Dame, die trotz ihrer weißen Haare noch stahlblaue, wache Augen hatte.
„Hallo", grüßte Rachel und reichte ihr die Hand, doch die schloss sie sofort in ihre Arme.
„Ich bin Louise", sagte die alte Dame. „Wenn du irgendwelche Wünsche hast, dann sag mir Bescheid. Ich kann dir in der Küche hier alles zaubern, wonach dir ist."
„Danke", sagte Rachel.
„Hast du Hunger? Ich hab für unseren anderen Gast Sandwiches zum Abendbrot gemacht und gleich einige mehr zubereitet. Der Kerl ist wirklich seltsam. Jeden Abend wünscht er sich Sandwiches zum Abendbrot. Ich muss sie ihm vor die Tür stellen und eine Stunde später steht der leere Teller ebenfalls wieder vor seiner Tür. Hätte ich ihn nicht schon einmal bei seinen morgendlichen Streifzügen durch den Wald gesehen,

würde ich bezweifeln, dass er überhaupt da ist."
Sie lachte.
„Sandwiches wären toll", sagte Rachel, die schon seit geraumer Zeit ein Grummeln im Magen verspürte. Immerhin hatte sie seit dem Frühstück nichts mehr gegessen, die Tüte Erdnüsse im Flugzeug mal abgesehen, die aber schon etwas abgestanden geschmeckt hatten.

„Ich bringe dich erstmal auf dein Zimmer und du kannst dich etwas frischmachen. Louise, essen wir in einer halben Stunde zu Abend? Dann hat Rachel noch etwas Zeit, anzukommen und auszupacken", sagte Rose.
„Eine großartige Idee", erwiderte Louise. „Ich decke einstweilen hier den Tisch. Martha und Alice müssten auch gleich hier sein. Martha hat dir das schönste Zimmer im Haus vorbereitet, Rachel, sie ist gerade oben und bestückt das Bad mit Duschgel und Seife. Alice ist zum Supermarkt gefahren, nachdem wir einen neuen Gast haben, brauchen wir morgen alles für ein Schlemmerfrühstück."
Die alte Dame lächelte verschmitzt.
„Komm, Rachel, ich zeig dir dein Zimmer", sagte Rose und ging voraus zurück ins Wohnzimmer.

Im ersten Stock fand Rachel sich in einem langen Flur wieder, von dem weg links und rechts dunkelbraune Türen in die einzelnen Zimmer führten. Der Teppich hier war grau und wirkte hochwertig, wenn er auch schon das ein oder andere Jahr auf dem Buckel zu haben schien. An den Wänden zwischen den Türen standen Biedermeier-Kommoden mit Blumenvasen und weiterem Nippes darauf.

„Komm, Kindchen, dein Zimmer ist ganz dort vorne“, sagte Rose und eilte den Flur entlang.
Sie machte vor der letzten Tür direkt am Ende des Flures Halt und öffnete sie.

„Hallooo, ist jemand zuhause“, rief sie und steckte den Kopf hinein.
„Ich bin hier“, rief eine Stimme.
Rose und Rachel traten ein.
Das Zimmer war wunderschön. Es war ziemlich groß und direkt gegenüber der Eingangstüre fand Rachel eine Fensterreihe aus viktorianischen Fenstern. Daneben gab es ein großes, gemütlich wirkendes Bett mit einer Menge Kissen und Decken darauf, hinter dem Kopfende des Bettes fand sich eine weitere, kürzere Fensterreihe, und daneben ein Nachttisch mit einer Tiffany-Lampe. Das Bett wirkte unglaublich gemütlich und zog Rachel fast magisch an, die sich ziemlich zurückhalten musste, um sich nicht hineinzuwerfen und in einen tiefen Schlaf zu fallen. Erst jetzt wurde ihr bewusst, dass sie seit den frühen Morgenstunden auf den Beinen war und der Schlaf sie fast schon übermannte. Gegenüber dem Bett stand eine kleine Kommode mit einem alten Fernseher darauf, eine Tür führte ins Badezimmer, aus dem Geräusche kamen. Rose trat durch die Tür hindurch und Rachel folgte ihr. In dem kleinen, weiß-rosa gekachelten Raum, der eine Badewanne, einen Handtuchhalter, eine Toilette und ein Waschbecken mit Spiegel darüber beherbergte,

stand eine große, grauhaarige Frau mit einem Weidenkorb und sortierte kleine, bunte Fläschchen Duschgel und Shampoo ein. Als sie Rose und Rachel entdeckte, stellte sie den Korb auf dem Waschbeckenrand ab und setzte ein Lächeln auf.

„Das muss unser Weihnachtsgast sein", sagte sie und streckte Rachel die Hand hin. „Herzlich willkommen im *Four Reasons*, ich bin Martha Hewitt."
„Rachel Daniels", sagte Rachel und schüttelte Marthas Hand.
Auch sie schloss Rachel gleich ins Herz.
„Wir freuen uns wirklich sehr, dass du hier bist, Rachel, wir werden alles tun, um dir einen unvergesslichen Aufenthalt zu bereiten."
„Dessen bin ich mir sicher, ich fühle mich jetzt schon sehr wohl", sagte Rachel.
„Das freut mich, meine Liebe", sagte Martha. „Ich habe soeben dein Badezimmer bestückt, sollte irgendetwas fehlen oder du Nachschub brauchen, sag mir einfach Bescheid. Dasselbe gilt auch für Handtücher und Bademäntel."
„Vielen Dank."
„Dann lassen wir dich erstmal etwas auspacken. In dreißig Minuten sehen wir uns in der Küche zum Abendessen", lächelte Rose, bevor sie gemeinsam mit Martha Rachels Zimmer verließ.

Nachdem die beiden Frauen das Zimmer verlassen hatten, setzte Rachel sich auf ihr Bett und atmete erst einmal durch. Draußen war es stockfinster, obwohl es erst kurz vor sieben Uhr abends sein musste. Eine angenehme Ruhe hatte von ihr Besitz ergriffen und sie ließ das Zimmer auf sich wirken. Es war warm, duftete frisch und das Bett war so weich, dass sie am liebsten sofort eingeschlafen wäre. Trotz aller Bedenken, die sie zuvor gehabt hatte, war es ohne Zweifel eine sehr gute Entscheidung gewesen, hierherzukommen und den Urlaub nicht abzubrechen. Sie sah sich im Zimmer um und schmunzelte, als ihr Blick über all den Ramsch und den Nippes glitt, der überall herumstand und mit dem sie für gewöhnlich nichts anfangen konnte. Das Zimmer strahlte harmonische Wärme aus, und sie wusste, dass sie in diesem Haus ein paar nette Tage verbringen würde.

Über den Trubel mit ihrer Ankunft hatte sie völlig vergessen, sich bei ihren Eltern zu melden. Die beiden waren zwar nicht gerade begeistert davon gewesen, die Feiertage ohne ihre einzige Tochter verbringen zu müssen, konnten deren Beweggründe aber durchaus nachvollziehen, erst recht, wo Tante Mae ebenfalls an Weihnachten zu Besuch kommen und Vlasta wieder im Schlepptau haben würde.

„Rachel, um Gottes willen, wir haben uns schon Sorgen um dich gemacht, bist du gut auf Hawaii angekommen?“
Ihre Mutter klang erleichtert, als sie das Gespräch annahm. Wobei ihre Mutter immer gleich an Katastrophen, Mord und Totschlag dachte, wenn Rachel sich einmal nicht pünktlich bei ihr meldete.

„Hallo, Mum, ja, ich bin gut angekommen. Allerdings hat es mich nicht nach Hawaii, sondern nach Fairview, das ist ein kleines Städtchen in Michigan, verschlagen."
„Was? Aber warum bist du denn dort gelandet? Du wolltest doch unbedingt an den Strand?"
„Das ist eine lange Geschichte, Mum, mein Flug nach Hawaii wurde gecancelt und ich habe schnell eine Alternative gesucht."
„Du weißt, dass du auch zu uns hättest kommen können."
Im Ton ihrer Mutter klang etwas Enttäuschung mit.
„Und du weißt, dass ich es dieses Weihnachten noch nicht schaffe", rechtfertigte Rachel sich.
„Ja, ich weiß." Ihre Mutter machte eine kleine Pause. „Aber warum ein kleines Städtchen in Michigan, ich dachte, du wolltest Luxusstrandurlaub in der Sonne? In Michigan haben sie mehr Schnee als am Nordpol."
„Da könntest du Recht haben, Mum."
Rachel lachte.
„Ich bin in einer wirklich netten Pension namens *Four Reasons* gelandet, die von vier alten Ladys geleitet wird, die mich irgendwie an die ‚Golden Girls' erinnern. Außer mir ist nur noch ein anderer Gast hier und es ist sehr familiär. Es ist wirklich herzallerliebst."
„Was?"
Claire Daniels klang überrascht.
„Aber Kind, wie konntest du dich nur auf so etwas einlassen? Wer weiß, was das für Leute sind!"
„Es sind allerliebste Menschen, Mum", sagte Rachel und schmunzelte.
Sie beschloss, ihrer Mutter lieber nichts von ihrem

verschrobenen Zimmernachbarn zu erzählen, Claire würde sich sonst nur Sorgen machen, die völlig unangebracht waren. Ihre Mutter war schon immer jemand gewesen, der Situationen grundsätzlich überbewertete. Würde Rachel jetzt davon erzählen, dass der Mann im Zimmer neben ihr nie herauskam, sich das Essen vor die Tür stellen ließ und nur in der Morgendämmerung eine Runde spazieren ging, so würde Claire vermuten, er wäre ein Massenmörder, der ganz Fairview würde auslöschen wollen.
„Ich muss zugeben, ich mache mir Sorgen um dich", sagte Claire.
„Musst du aber nicht. Es ist toll hier, glaub mir. Ich muss jetzt Schluss machen, es gibt gleich Abendbrot. Ich ruf wieder an. Grüß Dad von mir."

Sie legte auf und ließ sich in die Kissen fallen. Dies war das erste Weihnachten in ihrem Leben, das sie ohne ihre Familie verbringen würde. Ein kleines bisschen Wehmut kam in ihr hoch. Sie war immer schon ein Familienmensch gewesen, hatte sich auf die Weihnachtszeit und darauf gefreut, die ihren um sich zu haben. Doch wenn sie daran dachte, dass auch Tante Mae mit ihrer nymphomanischen Pflegerin an Weihnachten in ihrem Elternhaus sein würde, so rückten Weihnachtsfrieden und Besinnlichkeit ganz weit ab. Dass man die zweiundneunzigjährige Tante Mae nicht einfach so hatte ausladen können, leuchtete ihr natürlich ebenso ein wie die Tatsache, dass es ihr niemals im Leben gelungen wäre, gute Miene zum bösen Spiel zu machen und Vlasta gegenüber so zu tun, als wäre nie etwas passiert.

Sie schloss die Augen und war sich sicher, die richtige Entscheidung gefällt zu haben. Hier bei den „Golden Girls“, wie sie Louise, Martha, Rose und Alice insgeheim nannte, würde sie ebenfalls ein schönes Weihnachtsfest verbringen.

5

Rachel hatte die verbleibende Viertelstunde bis zum Abendessen genutzt, um ihre Klamotten in den Wandschrank links neben der Eingangstüre zu verstauen und sich etwas frisch zu machen. Sie hatte sich ganz schön zusammenreißen müssen, um nicht sofort einzuschlafen und das Essen abzusagen, doch mittlerweile hatte sie einen Bärenhunger und freute sich auf das gemeinsame Abendessen mit den vier Damen. Sie hatte sich frischgemacht, war in Jeans und ein sauberes Shirt geschlüpft und schritt nun langsam den Flur entlang. Seltsam, dass nur sie und dieser andere Gast hier waren. Die Pension war herzallerliebst, ein geheimes Kleinod, das für viele gestresste Städter sicherlich ein Geheimtipp sein musste. Dumm nur, dass vermutlich keiner der gestressten Städter vom *Four Reasons* wusste. Mit Marketing schienen es die Damen nicht so genau zu nehmen.

Der andere Gast musste ebenfalls ein Zimmer auf diesem Stockwerk bewohnen, zumindest ging sie davon aus, wenn es sein Zimmer gewesen war, in dem Licht gebrannt hatte, als sie und Rose angekommen waren. Wo es sich aber genau befand … Rachels Orientierungssinn war noch nie übermäßig ausgereift gewesen. Im nächsten Augenblick schrak sie auf und ein Schrei blieb ihr im Halse stecken. Die Tür links neben ihr wurde langsam geöffnet. Sie entdeckte eine große, dunkle Gestalt mit wirren, dunklen Haaren, einem Vollbart und stechend blauen Augen, die sie überrascht ansah, bevor die Tür mit einem Knall wieder zugeschlagen wurde. Die Gestalt – Rachel war sich nun sicher, dass der andere Gast auf ihrem Stockwerk wohnte – hatte ein Tablett in der Hand gehalten, das er für Louise wieder vor seiner Tür abstellen wollte. Bestimmt hatte er nicht damit gerechnet, dass noch jemand außer ihm über die Feiertage hier sein würde. Was für ein unhöflicher Idiot. Aber was konnte man sich schon von jemandem erwarten, der noch nicht einmal mit den Damen des Hauses Kontakt haben wollte und dem man das Essen regelmäßig vor die Tür stellen musste. Rachel fasste sich wieder etwas, bedachte den schrägen Typen mit ein paar leisen Flüchen und machte sich auf den Weg zum Abendessen.

Als Rachel in die Küche kam, hatte Louise den Tisch bereits festlich gedeckt. Aus einem mit Weihnachtsmännern dekorierten Kerzenständer spendeten rote Kerzen warmes Licht. Ein Kranz aus Tannenreisig mit bunten Kugeln, getrockneten Orangenscheiben und Zimtstangen stand daneben. Neben den Tellern hatte die alte Dame Servietten mit Santa darauf hingelegt. Aus einem Radio neben der Spüle kamen alte Weihnachtssongs und auf der Anrichte stand ein großer Teller mit Keksen. Neben Louise, Martha und Rose war nun noch eine weitere Frau in der Küche. Sie hatte schulterlanges, dunkles Haar und musste Alice sein.

„Ah, da ist sie ja, na, konntest du dich etwas einrichten,

Kindchen?“, fragte Louise, als sie Rachel entdeckte, und schenkte ihr ein warmherziges Lächeln.
„Oh ja, das Zimmer ist wunderbar, ich fühle mich sehr wohl.“
Alice kam auf Rachel zu.
„Hallo, Liebes, die Mädels haben nicht gelogen, du siehst fabelhaft aus.“
Auch Alice schloss Rachel herzlich in die Arme.
„Mädels, könnten Rachel und ich nicht Schwestern sein?“, fragte sie in die Runde, während sie ihren rechten Arm um Rachel legte und sie an sich drückte.
„Wenn deine Eltern noch nachgelegt hätten, als du bereits vierzig warst, dann schon“, sagte Louise trocken und Rose kicherte.
„Louise“, erwiderte Alice tadelnd, schmunzelte aber dann. „Setz dich doch, Rachel, und erzähl mal, woher kommst du?“

Rachel genoss den Abend im Kreise der vier Damen. Sie erzählte ihre Geschichte, wie sie Cal letztes Jahr in flagranti im Bett mit Vlasta erwischt hatte und dass sie es in diesem Jahr unmöglich geschafft hätte, zu Weihnachten nach Seattle zu fliegen. Dass sie eigentlich nach Hawaii wollte, ihr Flug gestrichen wurde und der Weihnachtsmann ihr einen Urlaub im *Four Seasons* verkauft und mit keinem Wort erwähnt hatte, dass es sich dabei eigentlich ums *Four Reasons* handelte. Bei selbstgemachtem Kakao und Keksen à la Louise erfuhr sie, dass die vier Frauen ganz zu Anfang eigentlich Konkurrentinnen gewesen waren. Sie alle vier wollten das alte, viktorianische Haus kaufen. Rose, weil sie es vermieten und dann ihren Kindern vermachen wollte, Martha, weil sie ihrem Exmann eins auswischen wollte, indem sie seine Kohle verbriet, Alice, weil sie immer schon in großen Häusern gelebt hatte und nach dem Tod ihres Mannes nicht länger in Chicago hatte bleiben wollen, und Louise, weil sie keine Nachkommen hatte und ihre Ersparnisse anlegen wollte. Der Makler hatte damals versucht, die vier gegeneinander auszuspielen und so den Preis für das Haus immer weiter in die Höhe zu treiben, bis Alice und Martha sich eines Tages begegnet waren und ins Gespräch kamen. Es war ein Leichtes, Rose und Louise zu kontaktieren, und weil die vier Damen sich auf Anhieb gut verstanden, beschlossen sie, das Haus gemeinsam zu kaufen und es in eine Pension umzubauen.

Um kurz nach elf Uhr machte sich Müdigkeit breit, und die kleine Runde beschloss, ins Bett zu gehen.

„Rachel, kommst du noch kurz mit ins Büro?", fragte Martha, „dann können wir dich gleich ins Gästebuch eintragen."
„Gerne", sagte Rachel und folgte Martha in die Küche.
„Wenn du in der Nacht Hunger oder Durst bekommst, du weißt ja, wo alles ist", sagte Louise, die gerade dabei war, die übrig gebliebenen Kekse zurück in eine große Keksdose zu packen, auf der Weihnachtsmänner, Zuckerstangen und kleine, geschmückte Tannenbäume aufgedruckt waren.
„Vielen Dank", sagte Rachel und fühlte sich zum ersten Mal, seit sie sich von Cal getrennt hatte, zuhause. Ein

angenehmes, warmes Gefühl hatte sich in ihr ausgebreitet, von dem sie geglaubt hatte, dass es mit Cal aus ihrem Leben verschwunden war.

Sie folgte Martha durch die Küche in einen weiteren kleinen Raum, der dem *Four Reasons* als Büro diente. Aus einer Leuchtstoffröhre wurde künstliches Licht auf einen hellgrauen Bürotisch geworfen, der Rachel an ein Büro aus den achtziger Jahren erinnerte. Ungefähr genauso alt musste der Computer sein, der sich auf dem Tisch befand und leise vor sich hinsurrte.

„Nimm Platz, Kindchen“, sagte Martha, während sie sich auf den Stuhl hinter dem Tisch fallen ließ. Rachel setzte sich auf einen der beiden braunen Stühle vor dem Schreibtisch und sah sich um. Der kleine Raum war mit Regalen und Schränken vollgestellt, zwischen zweien von ihnen gab es ein kleines Fenster, das ins Dunkel der Nacht hinausführte. Über Marthas Kopf prangte ein Bild, auf dem die vier Frauen vor ihrer Pension zu sehen waren. Sie alle waren deutlich jünger und hinter ihnen war das Haus zu sehen. Rachel dachte, es müsste aus der Zeit stammen, als das *Four Reasons* eröffnet hatte. Nachdem Louise und Rose jeweils einen bunten Ballon in den Händen hielten, schien ihr das auch ziemlich wahrscheinlich. Martha hatte inzwischen eine Schublade herausgezogen und ein schwarz gebundenes Buch sowie ein Karteiblatt hervorgeholt.

„Darf ich dich bitten, das hier auszufüllen?“, fragte sie, während sie Rachel das Karteiblatt und einen Oreos-Werbekugelschreiber reichte.

Rachel nahm das Blatt und den Kugelschreiber entgegen und begann, ihre Daten in die Felder zu füllen. Das *Four Reasons* wollte ihren Namen, ihre Adresse, ihr Geburtsdatum und die Dauer ihres Aufenthaltes wissen, Felder wie „E-Mail-Adresse", „Handynummer" und die obligatorische Klausel, dass man einen Newsletter des Hotels zugeschickt bekommen würde, wenn man dies nicht ausdrücklich verbot, suchte sie vergebens. Sie gab Martha die Karteikarte zurück, welche ihr im Gegenzug das Gästebuch zuschob.

„Und dann bitte noch ein Eintrag im Gästebuch. Ich weiß, es ist furchtbar bürokratisch, aber der Steuerberater braucht den Gästenachweis offenbar tausendfach", sagte Martha.
„Er will uns immer dazu überreden, all den organisatorischen Kram mit dem Computer zu machen, aber dagegen verwehre ich mich. Ich finde diese Dinger einfach nicht zuverlässig und bin über sechzig Jahre alt. Ich würde wohl nie verstehen, welche Knöpfe und Tasten ich drücken müsste und wo ich was eingeben soll."
Sie lächelte fast entschuldigend.
„Kein Problem", antwortete Rachel.

Dass in Hotels üblicherweise entweder der Führerschein oder der Reisepass und obendrein noch eine Kreditkarte verlangt wurden und man ungefähr zwanzig Formulare ausfüllen musste, ehe man seine Schlüsselkarte bekam, war bisweilen ziemlich nervig. Die Methode des *Four Reasons* hingegen war Rachel sehr sympathisch.

Martha hatte ihr die aktuelle Seite im Gästebuch bereits aufgeschlagen, und das Erste, was Rachel auffiel, war, dass das Buch erst zwei Seiten voller Gäste verzeichnete. Wenn man bedachte, dass bereits Ende Dezember war und die Einträge ganz oben auf der Seite vom März stammten, mussten die Gästezahlen im *Four Reasons* noch geringer sein, als Rachel zunächst gedacht hatte. Ihr Blick fiel auf die Zeile über ihr. „William Ryland" stand hier in geschwungener, aber zweifellos männlicher Handschrift, daneben das Datum – der 17. Dezember, also vor zwei Tagen. Es lag auf der Hand, dass der schräge Kerl aus ihrem Stockwerk William Ryland sein musste. Der letzte Gast vor ihm hatte im Oktober hier genächtigt, und außer William Ryland gab es niemanden mehr in diesem Gästebuch. Sie schmunzelte in sich hinein. Zumindest hatte sie jetzt einen Namen zu dem grimmigen Gesicht. Rachel trug sich ein und warf dann noch einmal einen kurzen Blick auf die überschaubare Menge an Gästen, die das *Four Reasons* in diesem Jahr gehabt hatte. Dass das Hotel sich mit dieser Handvoll Einnahmen tatsächlich finanzieren konnte, war ihr ein Rätsel. Lächelnd reichte sie Martha das Gästebuch und den Kugelschreiber.

„So, und nun aber ab ins Bett, es ist schon fast Mitternacht", sagte Martha herzlich.
„Oh ja, ich bin hundemüde. Gute Nacht", sagte Rachel, als sie das Büro verließ und durch die Küche in den ersten Stock ging.

Vor ihrem Zimmer fand sie ein silbernes Serviertablett mit einer silbernen Haube darüber. Sie nahm es hoch, ging in ihr Zimmer und nahm die Haube ab. Darunter fand sie einen Schokoladencupcake, der mit weißem Zuckerguss überzogen war, auf dem ein Weihnachtsbaum aus Zucker thronte. „Merry Christmas“ stand in roter Zuckergussschrift darunter. „Eine gute Nacht wünscht das Team vom *Four Reasons*“, stand auf einer kleinen Karte mit dem Logo des Hotels, darunter war händisch hinzugefügt worden: „Kleine Unterstützung, um die Träume zu versüßen.“

20. Dezember

6

Als Rachel am nächsten Morgen erwachte, konnte sie sich nicht daran erinnern, jemals so gut geschlafen zu haben. Sie öffnete die Augen und war in die dicken, fluffigen Decken eingehüllt, die auf ihrem Bett drapiert gewesen waren. Der Raum war taghell und draußen schneite es nach wie vor. Augenblicklich breitete sich dieses warme Gefühl in ihr aus, das sie, seit sie im *Four Reasons* Gast war, bereits des Öfteren zu spüren bekommen hatte.

Rachel setzte sich auf und sah zum Fenster hinaus. Der Gehweg, auf dem sie und Rose gestern Abend zum Hotel gekommen waren, war, ebenso wie die Straße, die zum Hotel führte, unter einer makellosen Schneedecke versteckt. Es sah so aus, als wäre das *Four Reasons* vom Rest der Welt abgeschnitten, wohin das Auge sah, gab es nur ein Meer aus Weiß – und wenn sie an die paar Einträge aus dem Gästebuch dachte, musste das in irgendeiner Weise auch zutreffen. Sie konnte sich gut vorstellen, dass die Gäste dem Hotel fernblieben. Es gab keinen Internetauftritt, noch nicht einmal E-Mail, das Hotel lag in einer Provinzstadt und selbst hier ziemlich ab vom Schuss. Rachel ließ sich in ihre Kissen sinken und sah an die Wand gegenüber, die einige Fotos vom Hotelgarten zierten. Vielleicht hatten die Ladys ja auch von sich aus beschlossen, die Gästekapazität so gering zu halten, immerhin waren sie alle vier nicht mehr die jüngsten. Full House zu haben, für zwanzig

Gäste auf einmal sorgen zu müssen, sie zu bekochen, die Zimmer sauber zu halten und sich um ihre kleinen und großen Anliegen zu kümmern, war in diesem Alter bestimmt keine Leichtigkeit mehr. Warum das Hotel dann aber generell noch Zimmer anbot, konnte sie sich ebenfalls nicht erklären. Zwei Gäste, die jeweils ein paar Tage hierblieben, würden die Kassen nicht so sehr klingeln lassen, dass man den Rest des Jahres völlig auf Gäste verzichtete.

In Gedanken kreierte Rachel eine kleine Werbekampagne, eines der Pakete, das Kunden ihres Arbeitgebers innerhalb von einer halben Stunde präsentiert bekamen. Eine Druckkampagne in den lokalen Tageszeitungen mit eventuell einem Special, eine kleine Homepage, eine E-Mail-Adresse mit eigenem Domainserver und ein paar Kooperationen mit Reisebüros könnten hier Wunder bewirken. Sie könnte … Sie wurde aus ihren Gedanken gerissen, als sie jemand unten im Garten räuspern hörte. Ein männliches Räuspern, sodass die Damen des Hauses als Grund dafür schon mal flachfielen. Rachel kletterte aus ihrem Bett heraus und eilte zu dem Fenster, das hinunter in den hinteren Bereich des Gartens zeigte. Ein großgewachsener, dunkelhaariger Mann in Stiefeln und einem dicken, braunen Mantel, einen schwarzen Schal um den Hals gewickelt, stapfte durch den Schnee auf das Haus zu. Das wirre Haar stand unter seiner Mütze zu allen Seiten ab und das Gesicht versteckte sich hinter einem dichten, dunklen Vollbart. Das musste William Ryland sein. Rose und Louise hatten ihr ja erzählt, dass er jeden Tag in aller

Herrgottsfrühe einen Spaziergang unternahm und sich dann wieder in seinem Zimmer verbarrikadierte. Ein komischer Kauz. Rachel versuchte, erkennen zu können, wie er aussah und in welchem Alter er sein musste, doch der Schal und der aufgestellte Mantelkragen machten es ihr neben seiner übermäßigen Haarpracht schwer, überhaupt erkennen zu können, ob da unten ein Mensch oder das Ding aus dem Sumpf im Garten umherirrte. Im nächsten Moment sah der Mann – William Ryland – auf und direkt in Rachels Augen. Augenblicklich lief sie rot an. Vermutlich dachte er jetzt auch noch, sie würde ihm hinterherspionieren. Oder wollte ihn anbaggern. Um die Situation etwas aufzulockern, winkte sie ihm zu, doch er sah sie nur noch einen Augenblick unverständlich an, senkte dann wieder den Kopf und verschwand im Schatten des Hauses.

„Was für ein Idiot", dachte Rachel bei sich, als sie in ihren Bademantel schlüpfte und sich auf ins Badezimmer machte. Dann kam ihr ein anderer, weitaus beängstigender Gedanke. Was, wenn William Ryland – sollte das überhaupt sein richtiger Name sein – wirklich ein Massenmörder war, der sich das *Four Reasons* ausgesucht hatte, weil er die liebenswerten Betreiberinnen und mögliche Gäste einfach abschlachten wollte? Vielleicht, weil er immer noch traumatisiert war, weil ihm seine Mutter als Fünfjährigem ein Spielzeug verweigert hatte und er nun ein frauenhassender Unhold geworden war? Wenn er seinen Bart abrasierte und sich einen normalen Haarschnitt zulegte, würde niemand ihn erkennen können. Nein, ihre Fantasie ging bestimmt wieder einmal mit ihr durch und William Ryland war vermutlich nur ein einsamer Knilch ohne Freunde, der sich – so wie sie selbst – vor Weihnachten verkriechen wollte.

Kurze Zeit später saß Rachel mit den vier Reasons-Ladys um den großen Esstisch in der Küche. Louise hatte ein Frühstück aufgetischt, von dem eine ganze Kompanie hätte satt werden können, und obwohl Rachel für gewöhnlich auf ihre Linie achtete, war abzusehen, dass dieser Urlaub ihr das eine oder andere zusätzliche Pfündchen bescheren würde.

„Was hast du für heute geplant, Rachel?“, fragte Louise.
Fragend sah Rachel in die Runde. Was sie während ihres Urlaubs im *Four Reasons* machen wollte, wo sämtliche Spa-Behandlungen erstmal flachfielen, hatte sie sich noch nicht überlegt. Sie hatte zwar ihren Kindle mit dabei, aber außer zu lesen würde es hier nicht sehr viel für sie zu tun geben.
„Um ehrlich zu sein, bin ich ahnungslos“, sagte sie. Recht viele Freizeitaktivitäten würde es im *Four Reasons* nicht geben, doch vielleicht war es gerade deshalb der richtige Ort, um einmal zu entspannen, zur Ruhe zu kommen und ins Jetzt zurückzufinden. Es war nicht nur ein Mal vorgekommen, dass sie nach einem Wellnesstrip, bei dem sie von einer Behandlung zur nächsten geeilt war, gestresst zuhause angekommen und von Erholung keine Spur zu bemerken gewesen war.

„Wenn du Lust hast, kannst du mir heute Nachmittag beim Backen helfen“, sagte Louise und lächelte Rachel an. „Wir backen für einen Wohltätigkeitsbazar, der morgen im Gemeindezentrum stattfindet und dessen Erlös notleidenden Kindern zugutekommt. Je mehr wir backen, umso mehr sammeln wir für die Kinder.“
Rachels Miene hellte sich auf. Seit sie ein Kind war und ihrer Mutter geholfen hatte Weihnachtsplätzchen und Geburtstagstorten zu zaubern, hatte sie nicht mehr gebacken. Der Nachteil, wenn man mitten im Berufsleben stand und obendrein die beste Bäckerei Manhattans eine Filiale direkt neben dem eigenen Appartement eröffnete, war, dass man selber nicht mehr sehr oft in der Küche anzutreffen war.
„Das klingt großartig“, sagte sie.

Den Vormittag verbrachte Rachel mit Alice in der Fairview-Mall, einem Kaufhaus, das man in Manhattan als durchschnittlichen Supermarkt bezeichnet hätte, von der Größe eines gewöhnlichen Wal-Marts. Sie hatte festgestellt, dass ihr Gepäck für einen Aufenthalt in Fairview nicht gerade geeignet war. Bis auf die Jeans und den Pulli, mit dem sie angereist war, hatte sie nur leichte Sommerröcke und Kleider, ärmellose Tops und Sandalen mitgebracht. Für Alice war es eine Selbstverständlichkeit, sie in die Mall zu begleiten.

„Rachel, du kannst einfach alles tragen“, sagte sie, während sie ein fast transparentes Kleid hochhielt und es neugierig beäugte. „Ich beneide dich um deine Figur.“

„Ich bitte dich", entgegnete Rachel. „Du siehst doch auch top aus."
„Nur sind die Jahre mir leider viel zu schnell abhandengekommen", sinnierte Alice.
„Niemand würde dich älter als fünfunddreißig schätzen", schmeichelte Rachel der Frau, bei der sie längst gemerkt hatte, dass sie ziemlich viel Wert auf ihr Aussehen legte.
Alice lachte.
„Hast du überhaupt schon einmal einen Blick auf deinen Zimmernachbarn geworfen?", fragte sie verschwörerisch, als Rachel sich durch Polyester-Rollkragenpullis arbeitete, von denen einer grässlicher aussah als der andere.
„Nicht wirklich", sagte sie unbedarft. „Ich habe ihn heute Morgen kurz gesehen, als er von seinem Spaziergang zurückgekehrt ist. Und gestern Abend habe ich ihn offenbar erschreckt, als ich zum Abendessen runter bin und er gerade seinen Teller vor die Tür stellen wollte. Warum?"
„Weil er doch einfach sensationell aussieht, findest du nicht?"
Rachel musste lachen.
„Wie bitte?"
„Er sieht einfach großartig aus. Ein großer, athletischer, sportlicher Mann, dunkle Haare, stechend blaue Augen – du und er, ihr beide würdet ein tolles Paar abgeben."
„Was?"
Rachel lachte noch lauter auf.
„Der Typ sieht aus wie der Schneemensch, hat mehr Haare als der Yeti, ist unhöflich und hat anscheinend nicht alle Tassen im Schrank."

„Das ist vielleicht der erste Eindruck“, sagte Alice, „aber … diese Augen. Wenn man ihn in ein Bad steckt und ihn von all den überflüssigen Haaren befreit, dann steckt darunter sicherlich ein Traummann.“
Rachel griff nach einem Plüschgorilla, der aus unerfindlichen Gründen in einer Kiste mit Plüschtieren direkt neben den Pullovern lag.
„Ich bleib in Sachen Traummann dann lieber bei dem hier“, sagte sie und hielt den Affen hoch.

Den Nachmittag über fühlte Rachel sich in ihre Kindheit zurückversetzt. Nachdem sie sich am Vormittag mit einem Plüschgorilla, Pullovern, Hosen, zwei Paar Stiefeln und weiteren Accessoires eingedeckt hatte, die ihr über die eisigen Temperaturen hinweghalfen, stand sie nun gemeinsam mit Rose und Louise in der Küche des Hotels und half, Plätzchen, Muffins, Cupcakes und Brownies zu backen. Ihre Aufgabe war es, die Leckereien, die die beiden Frauen gezaubert hatten, mit Zuckerguss, Zuckerweihnachtsmännern und weiterer weihnachtlicher Deko zu verzieren. Dass dabei die ein oder andere Kostprobe genommen wurde, war klar, und mit jedem kleinen Stückchen Gebäck kam die Liebe zu Weihnachten, die sie längst verloren glaubte, zurück.

Abends brachte sie gemeinsam mit Louise einen Teller mit Sandwiches zu William Rylands Zimmer, der das Tablett wie immer vor der Tür abgestellt haben wollte und es erst ins Zimmer holte, als die beiden wieder verschwunden waren.

„Weißt du etwas über diesen Mann?“, fragte Rachel, als sie und Louise die Treppe hinuntergingen.
Sie erinnerte sich daran, dass Alice gemeint hatte, sie und Will würden ein nettes Paar abgeben. Was für eine absurde Idee.
„Gar nichts, er ist vor drei Tagen in unserer Auffahrt gestanden und hat nach einem Zimmer gefragt“, sagte Louise, „hat sich eingetragen und ist seither nicht mehr herausgekommen. Außer zu seinen Spaziergängen. Ein seltsamer Kauz.“
„Meinst du … er könnte gefährlich sein?“
Louise lächelte.
„Aber nein. Wenn er uns etwas hätte tun wollen, dann hätte er sicher nicht drei Tage gewartet. Martha hat seine Daten überprüft – sie stimmen. Er stammt aus Connecticut, ist Mitte dreißig und auch die Adresse, die er angegeben hat, stimmt. Ein Einfamilienhaus in einer netten Wohngegend, dessen Eigentümer William Ryland ist.“
„Er ist dennoch ein eigenartiger Kauz“, sagte Rachel. „Hast du ihn kennengelernt?“
„Nicht wirklich. Ich habe ihn heute Morgen gesehen, als er von seinem Spaziergang zurückkam. Und gestern Abend sind wir uns über den Weg gelaufen, als er sein Tablett herausgestellt hat. Er sieht ja furchtbar aus. Diese wirren Haare. Und der Vollbart. Als wäre er der Schneemensch, der Weihnachtsferien macht. Gruselig.“
Louise lachte.
„Du musst dir keine Sorgen machen, Liebes, wäre Mr. Ryland nicht der, der er vorgibt, zu sein, wäre er längst nicht mehr hier. Wir sind ziemlich vorsichtig, was

unsere Gäste betrifft. Er ist harmlos.“
Rachel schmunzelte. So von gestern, wie die vier Damen zu sein schienen, waren sie also doch nicht.

Als sie zurück in die Küche kamen, hatte Rose die ersten Kartons mit Leckereien bereits gepackt und sie in die Vorratskammer geschafft. Martha und Alice sollten sie noch am selben Abend ins Gemeindezentrum schaffen, damit der Kuchenverkauf am nächsten Tag pünktlich starten konnte. Jetzt waren die beiden losgefahren, um einen Weihnachtsbaum und weitere Besorgungen für die nächsten Tage zu machen und in Rachel breitete sich abermals ein warmes, heimeliges Gefühl aus. Obwohl sie die vier Damen erst einen Tag kannte, fühlte sie sich im *Four Reasons* so zuhause, als hätte sie ihr gesamtes Leben in dem kleinen Hotel verbracht.

Mit voranschreitendem Abend verwandelte sich die Küche mehr und mehr in einen Süßigkeitenladen. Rachel hatte nicht schlecht gestaunt, als sie bemerkte, welche Berge von Cupcakes, Brownies, Plätzchen und anderen Leckereien sie gemeinsam mit Rose und Louise an diesem Tag hergestellt hatte. Jetzt saßen die drei an dem großen Küchentisch und verpackten die gebackenen Leckereien in feines Cellophan, das sie mit bunten Schleifen verzierten.

„Kinder, den Weihnachtsbaum können wir abschreiben.“
Alice kam, dicht gefolgt von Martha, in die Küche und sah entnervt aus.
„Warum?“, fragte Louise unbedarft, während sie eine

rote Schleife um eine Cellophantüte mit Zimtplätzchen wickelte. „Wir haben ihn bereits im September ausgesucht und beim alten Vic bezahlt."
„Ja, aber Vic sagte, wenn wir den Baum wollen, müssen wir ihn selber fällen und hierher transportieren, er habe keine Zeit. Sein Neffe würde es machen, aber er verlangt achtzig Dollar dafür. Das ist … verdammt viel Geld. So viel haben wir nicht einmal für den Baum selbst bezahlt. Wir haben mit ihm diskutiert und auf ihn eingeredet, ihn sogar gebeten, dass er uns den Baum bringt, doch er weigert sich strikt und meint, die sechzig Dollar seien nur der Preis für den Baum, nicht aber für das Fällen und das Zustellen. Das würde extra kosten."
Alice ließ sich auf einen freien Stuhl sinken und schnappte sich einen Brownie, der sich in Reichweite befand.
„Heißt das, wir haben in diesem Jahr keinen Weihnachtsbaum?"
Rose klang so enttäuscht wie ein kleines Kind.
„Willst du den Baum etwa wirklich selbst fällen und ihn holen? Eine zwei Meter fünfzig große Tanne? Vic, dieser Mistkerl. Er will uns über den Tisch ziehen." Martha wirkte vergrämt.
„Aber es ist unser Baum", sagte Rose. „Wir können doch Weihnachten nicht ohne Baum feiern."
„Vielleicht besorgen wir einen künstlichen Baum", überlegte Martha. „Ich meine, so viele Gäste haben wir nicht, Kinder sind gar keine hier, der Kerl aus Zimmer 12 kommt nicht runter und Rachel … wird uns verzeihen, wenn wir keinen echten Baum haben." Fragend sah Martha Rachel an.

„In meinem Appartement in Manhattan habe ich … hatte ich …“, verbesserte sie sich, als sie daran dachte, dass sie und Cal immer nur künstliche Weihnachtsbäume gehabt hatten, „auch nur künstliche Tannen. Die sind toll. Es gibt sie in allen Farben und Größen, sie nadeln nicht und nach Weihnachten lassen sie sich fein säuberlich in ihren Kartons verstauen und warten auf den nächsten Einsatz.“
Martha sah Rachel dankbar an.
„Aber … der Baum hat sechzig Dollar gekostet, wir werden das Geld verlieren, wenn wir den Baum nicht bekommen und stattdessen noch einen neuen, künstlichen kaufen müssen“, sagte Rose und Rachel kam einmal mehr der Gedanke, dass die alten Damen vom *Four Reasons* möglicherweise Geldprobleme hatten.
Martha sah Rose an.
„Wir haben schon mehr Geld in den Sand gesetzt. Wenn Vic uns den Baum nicht bringen will, nachlaufen werden wir ihm deswegen auch nicht. Wir haben auch unseren Stolz und lassen uns bestimmt nicht von ihm herumschubsen. Dann kaufen wir unseren Baum nächstes Jahr eben auch woanders.“
„Wenn es ein nächstes Jahr überhaupt gibt“, murmelte Alice leise, während sie sich ein Schokosplittercookie in den Mund schob.

7

Mit der Ausrede, sie würde noch etwas lesen wollen und ihre Mutter anrufen, hatte Rachel sich der Einladung, das Gebäck ins Gemeindezentrum zu bringen und anschließend noch eine Kleinigkeit essen zu gehen, entzogen. Eigentlich hätte sie die vier Damen ziemlich gerne in die Stadt begleitet und wäre ihnen behilflich gewesen, doch sie hatte andere Pläne. Offenbar war dieser Kerl namens Vic eine miese Type. Er hatte den Ladys sechzig Dollar für einen Baum abgeknöpft, den sie nicht bekommen würden, weil er weitere achtzig dafür verlangte, ihn auszuliefern, obwohl er genau wusste, dass die vier Frauen diesen Betrag nicht so leichtfertig investieren konnten. Rachel hatte *Vics Winterwonderland* vom Auto aus gesehen, als sie und Rose angekommen waren. Es war nur etwa dreihundert Meter die Straße runter, ein großer, eingezäunter Platz mit einer Menge Bäume, die alle zum Verkauf standen. Einige von ihnen waren mit weißen Banderolen, auf denen die Namen der Käufer standen, versehen. „Schneiden Sie Ihren Baum selbst", hatte ein Werbeplakat geschrien und das Fällen als Familienbeschäftigung angepriesen. Vom Hotel aus konnte man *Vics Winterwonderland* noch sehen, doch als Rachel um kurz vor acht Uhr auf halbem Weg war, bemerkte sie erst, dass – gerade bei den eisigen Temperaturen, die Fairview derzeit fest im Griff hatten – selbst dreihundert Meter eine ganz schön weite Strecke sein konnten. Bewaffnet war sie mit einer Säge und einem Netz, das sie im Gartenschuppen der Ladys gefunden hatte. Sie hatte zwar noch nie selbst einen Weihnachtsbaum gefällt und ihre eigenen waren tatsächlich aus Plastik gewesen, aber sie erinnerte sich an ihre Kindheit und daran, dass die Bäume, die ihr Vater nach Hause gebracht hatte, immer in einem Nylonnetz transportiert wurden, damit die Äste nicht verbogen wurden und nicht zu viele Nadeln abfielen. Bei dem Gedanken, dass sie den Baum nicht nur fällen, sondern ihn auch alleine zurück zum Hotel transportieren sollte, wurde ihr leicht schwummrig, doch auch das würde sie irgendwie bewerkstelligen. Die Ladys würden nicht vor elf nach Hause kommen, hatte Martha gesagt, bevor sie losgefahren waren. Selbst wenn Rachel den Baum im Schneckentempo zum Haus zog und dabei mehrere kurze Pausen einlegte, würde sie keine drei Stunden dafür brauchen. Sie war sich sicher, um spätestens zehn wieder im Hotel zu sein. Den Baum würde sie in die dunkle Ecke im Wohnzimmer stellen. Die Ladys würden, wenn sie nach Hause kamen, bestimmt nicht mehr ins Wohnzimmer gehen und selbst wenn, lagen die Chancen gut, dass der Baum in der Ecke erstmal nicht gesehen wurde und am nächsten Morgen eine perfekte Überraschung darstellte.

Vics Winterwonderland war – wie es vermutlich für Kleinstädte fernab von jeglicher Kriminalität üblich war – nicht abgeschlossen. Auf einem mit großflächigem Maschendraht eingezäunten Areal befanden sich ein kleiner Wohnwagen, ein Tapeziertisch und eine Einnetztrommel für Weihnachtsbäume. Einige bereits gefällte und fertig eingenetzte Bäume standen ebenfalls rund um den Tapeziertisch, der Großteil der Bäume befand sich aber hinter dem eingezäunten Areal auf einer freien Fläche. „Zum Selberfällen" verkündete ein selbstgebastelter Wegweiser in krakeliger Schrift, der hinaus auf das Feld mit den Bäumen führte. Rachel stapfte durch den Schnee und verteufelte den Umstand, dass sie keine ordentlichen Wintersachen mitgebracht hatte. In Anbetracht der Tatsache, dass sie jedoch eigentlich an einem Strand auf Hawaii liegen als in finsterer Nacht Weihnachtsbäume fällen wollte, war es nur logisch, dass festes Schuhwerk fehlte. Die Stiefel, die sie in der Fairview-Mall besorgt hatte, waren zwar ganz nett, aber ebenfalls nicht besonders zum Baumfällen geeignet.

Sie stapfte weiter in die Baumreihen hinein und entdeckte weitere Banderolen an einigen Bäumen. „Feldman", „Miller", „O'Shannon". Fast ganz hinten entdeckte sie eine stattliche Tanne mit der Aufschrift „*Four Reasons*. Wird selbst gefällt und transportiert". Rachel machte vor dem Baum Halt und besah ihn sich. Er musste mindestens fünfzig Meter hoch sein und wog sicherlich mehrere Tonnen – okay, sie neigte zur Übertreibung, doch der Baum war riesig und obwohl sie kein Schwächling war, ihre Einkäufe immer selbst nach oben trug und auch mal mit anpackte, wenn irgendwo körperlicher Einsatz notwendig war, war ihr schnell klar, dass sie es nicht schaffen würde, dieses Ungetüm alleine zum Hotel zurückzubefördern. Doch sie wäre nicht sie selbst gewesen, hätte sie es nicht wenigstens versucht.

Das Fällen ging noch ziemlich einfach. Sie setzte die Säge so an, dass sie in die Seite, die den anderen Bäumen zugewandt war, hineinsägte und die Schnittkante so auf das freie Feld vor ihr zeigte. Wie gut, dass Vic für die Ladys diesen Baum und nicht einen, der mitten zwischen den anderen stand, ausgesucht hatte. Obwohl es mehrere Grad unter null war, trieb die Arbeit Rachel Schweißperlen auf die Stirn, und für einen kurzen Augenblick glaubte sie, sie würde diesen Baum niemals zu Fall bringen. Doch nachdem sie noch einmal mit letzter Kraft gesägt und alles gegeben hatte, neigte er sich mit einem Knarzen nach Norden und lag kurze Zeit später im frischen Schnee.

Fragend betrachtete Rachel ihn eine Weile. Jetzt sah der Baum noch größer und schwerer aus als in stehendem Zustand. Zu allem Überfluss musste sie den Baum nicht nur zurück zum Haus schaffen, sie musste ihn auch noch um das ganze Feld herum zerren, um überhaupt erst zur Straße zu gelangen. Als Allererstes musste sie ihn so ausrichten, dass sie ihn ziehen konnte. Ihn hinter sich herzuziehen erschien ihr als die einzig machbare Möglichkeit, dieses Ungetüm überhaupt von der Stelle bewegen zu können. Es dauerte eine Ewigkeit, bis Rachel den Baum so weit nach links gezogen hatte, dass sie – rein theoretisch – die Möglichkeit gehabt hätte, ihn um das Baumfeld herum und zurück zum Hotel zu ziehen, doch der Baum schien tatsächlich mehrere Tonnen zu wiegen und bis auf ein paar Äste, die sich leicht bewegten, rührte das Ungetüm sich nicht von der Stelle. Sie warf sich mit vollem Körpereinsatz vom Baum weg, während sie den Stamm fest in beiden Händen hielt, doch auch diese Taktik änderte nichts daran, dass der Baum sich keinen Millimeter weit rührte. Sie atmete für einige Sekunden durch, sammelte noch einmal all ihre Kräfte und riss mit aller Kraft am Stamm. Sie verlor das Gleichgewicht und taumelte, bevor sie fast kopfüber in den Schnee fiel und einen kleinen Abhang hinunterrollte. Verzweifelt versuchte sie, sich irgendwie an der Tanne festzukrallen, die jetzt jedoch sehr wohl bereit war, sich zu bewegen und direkt hinter Rachel den Hang hinabrollte. Rachel landete unsanft in einer Mulde, wenige Sekunden später bedeckte sie die Tanne.

Großartig. Sie steckte mitten im Nirgendwo zu nachtschlafender Zeit in einer Schneemulde fest und war von einem Tannenbaum begraben. Wenn sie in dieser Situation nicht tatsächlich leicht Panik bekommen hätte, dass sie hier draußen erfrieren würde, wäre sie zum Lachen gewesen. Sie versuchte, sich aus ihrer unangenehmen Lage zu befreien, scheiterte allerdings. Die Mulde war etwa eineinhalb Meter tief, dafür aber ziemlich schmal, der Baum tat den Rest dazu, dass sie nicht herausklettern konnte. Obwohl ihr kurz zuvor noch ziemlich heiß gewesen war, begann die Kälte jetzt an ihren Knochen zu nagen. Ob sie eine ganze Nacht hier draußen überstehen würde, konnte sie nicht sagen. Sie überlegte. Wie lange konnte ein Mensch bei Kälte und nicht wirklich ausreichend geschützt überleben? Nicht, dass sie sich hier in der Antarktis befand, aber hatte sie nicht vor einigen Jahren einen Bericht über jemanden gelesen, der im Winter betrunken in seinem Garten geschlafen hatte und erfroren war? Sie wusste es nicht, versuchte noch mehrere Male, sich zu befreien, und resignierte schließlich. Sie würde warten müssen, bis Vic morgen früh zu seinem Baumplatz käme. Von den Ladys aus dem Hotel war keine Hilfe zu erwarten, die dachten bestimmt, Rachel sei auf ihrem Zimmer, wenn sie nach Hause kamen, und würden sie sicherlich erst vermissen, wenn sie am nächsten Morgen nicht zum Frühstück erschien.

Rachel hatte sich zusammengekauert, ihren Mantel um sich geschlungen und versuchte vergeblich, sich warmzuhalten, während der Schnee sich verflüssigte und durch ihre Kleider kroch. Dies würde eine ausgewachsene Lungenentzündung werden, wenn sie hier die ganze Nacht feststeckte.

Sie saß schon eine ganze Weile in ihrer Falle. Ihr war kalt, ihre Kleider waren durchnässt und die Nadeln der Tanne stachen sie ins Gesicht, als etwas unregelmäßig vor ihr aufblitzte. Das Licht verschwand dann wieder und blitzte neuerlich auf. Waren das bereits die ersten Halluzinationen? Es dauerte eine Weile, bis sie registrierte, dass da jemand mit einer Taschenlampe unmittelbar vor der Tanne stand und versuchte, durch die Äste zu leuchten.

„Hallo? Miss?“

Eine Männerstimme. Möglicherweise war das Vic, der noch einmal eine Kontrollrunde um sein Tannenland gedreht und bemerkt hatte, dass hier jemand einen Baum umgeworfen hatte. Rachel schickte ein Stoßgebet zum Himmel und wollte Vic küssen, obwohl er so ein Mistsack war. Es würde eine peinliche Angelegenheit werden, sich hier zu erkennen zu geben. Für einen kurzen Augenblick überlegte Rachel tatsächlich, sich still zu verhalten und abzuwarten, was natürlich Blödsinn war. Egal ob jetzt in der Nacht oder morgen früh, jemand würde sie ohnehin entdecken und sie würde sich so oder so blamieren. Eine Lungenentzündung zu riskieren, nur weil sie sich, vor wem auch immer, genierte, war die denkbar dümmste Idee, die sie seit langem gehabt hatte.

„Ja? Hallo!“, rief sie.
Im nächsten Moment wurde die Tanne von ihrem Gesicht weggezerrt und ein heller Lichtkreis leuchtete direkt in ihr Gesicht.
„Was zum Teufel treiben Sie da?“
„Ich wollte den Baum für die Ladys vom *Four Reasons* abholen, weil Sie sich ja weigern, ihn zuzustellen“, sagte Rachel patzig.

Der Mann – Rachel konnte ihn nicht sehen, da er sie mit der Taschenlampe geblendet hatte und nun bunte Lichtkreise vor ihren Augen tanzten – murmelte etwas, legte die Taschenlampe dann in den Schnee und beugte sich zu ihr herunter. Rachel klappte die Kinnlade hinab, als sie feststellte, dass dieser Mann nicht Vic von *Vics Winterwonderland* war, sondern

William Ryland vom *Four Reasons*. Er hatte sich rasiert und die wirren, langen Haare geschnitten, aber die stahlblauen Augen, die ihr entgegenblitzten, gehörten zweifellos dem Mann aus Zimmer zwölf.
„Mr. Ryland?“, fragte sie überrascht.
„Woher kennen Sie meinen Namen?“, stellte er die Gegenfrage, während er am Rand der Mulde in die Knie ging.
Dann sagte er: „Kommen Sie, legen Sie Ihre Hände um meinen Nacken, ich zieh Sie da raus.“
Rachel hob ihre unterkühlten Arme und schlang sie um den Nacken von Will Ryland, für den es eine Leichtigkeit zu sein schien, mit ihr als Last aufzustehen und sie aus ihrer misslichen Lage zu befreien. Um sie zu stabilisieren, legte er seine Arme um ihre Taille und wenige Sekunden später hatte sie wieder festen Boden unter den Füßen.

„Danke“, sagte sie außer Atem.
Will Ryland sah sie skeptisch an.
„Was hatten Sie hier vor? Wollten Sie sich umbringen? Oder nur den Baum klauen?“
„Ich wollte den Baum für die Ladys vom Hotel abholen“, sagte Rachel. „Ich habe heute mitbekommen, dass sie diese Tanne hier zwar bezahlt und bestellt hatten, der Betreiber dieses Standes sich allerdings weigert, die Tanne zuzustellen. Sie waren ziemlich enttäuscht, sodass ich gedacht habe, ich fälle sie und schleife sie die kurze Strecke zum Hotel zurück. Ich wollte ihnen eine Freude machen.“
Will sah sie grinsend an, und Rachel bemerkte, dass er tatsächlich eine ziemliche Sahneschnitte war, jetzt, wo

er seinen Yeti-Look abgelegt hatte.

„Sie wiegen vierzig Kilo und denken tatsächlich, dass Sie eine fast drei Meter große Tanne alleine transportieren können?"
„Als ich das letzte Mal vierzig Kilo gewogen habe, war ich auf der Grundschule", übertrieb Rachel maßlos und lächelte. „Und wenn die Tanne sich dort oben nicht verkeilt hätte und mit mir hier unten gelandet wäre, wäre ich längst wieder im Hotel."
„Das glauben Sie doch selbst nicht", sagte Will und zog seine dick gepolsterte Jacke aus.
„Ziehen Sie die an – und dann wollen wir dieses Ungetüm mal ins Hotel schaffen."

Als wäre der Baum aus Pappe, zog Will ihn hinter sich her zum Haus, ohne dabei ein Wort zu sagen. Als er ihr aus der Klemme geholfen hatte, hatte Rachel bemerkt, dass er – soweit sie das im Dunkeln der Nacht sagen konnte – wirklich ziemlich attraktiv sein musste. Dunkles, kurzes Haar, markantes Gesicht, sportlich. Und er hatte gut geduftet. Verdammt, hatte er gut geduftet. Unmerklich schüttelte sie kurz den Kopf. Seit der Sache mit Cal hatte sie keinen Typen mehr beachtet und erst recht nicht auf seinen Duft geachtet. Außerdem war ein schräger Kerl wie Will Ryland die denkbar ungeeignetste Person, um wieder damit anzufangen.

„Aus dem Gästebuch", sagte Rachel plötzlich.
„Was?"
Will blickte weiterhin geradeaus.

„Ich habe Ihren Namen aus dem Gästebuch. Als ich mich gestern eingetragen habe, habe ich ihn gelesen."
Will sagte nichts. Er war wirklich ein merkwürdiger Kauz.
„Warum waren Sie bei den Weihnachtsbäumen?", fragte Rachel kurz darauf.
Will war eine Weile still, dann sagte er: „Ich habe Sie weggehen sehen. Dann sind Sie eine ganze Weile nicht zurückgekommen, und ich wollte mich vergewissern, dass Ihnen nichts passiert ist. Auch wenn wir hier draußen in der Pampa sind, man weiß ja nie."
In Rachels Bauch breitete sich ein warmes Gefühl aus und ihre Lippen verzogen sich zu einem Lächeln. Er hatte sich Sorgen um sie gemacht. Stumm wanderten sie eine Weile nebeneinanderher. Rachel fühlte sich seltsam. Warum beschäftigte es sie so, dass Will Ryland ihr gefolgt war und ihr geholfen hatte? Wer hätte das nicht getan? Er hatte sich einfach wie ein normaler, hilfsbereiter Mensch verhalten, nicht mehr und nicht weniger.
„Warum kommen Sie nie aus Ihrem Zimmer?", fragte Rachel weiter.
Will sagte wieder eine Weile nichts.
„Ich habe meine Gründe."
Rachel zog die Augenbraue hoch. Recht viel war ja nicht aus ihm herauszubekommen.
„Sie sollten den Ladys eine Chance geben", plapperte sie munter weiter. „Die vier sind toll. Morgen zum Beispiel gibt's einen Kuchenbasar im Gemeindezentrum und …"
„Hören Sie, ich hab keine Lust auf Smalltalk, ja", sagte

Will emotionslos. „Ich will auch nicht, dass Sie denken, wir seien jetzt sowas wie Freunde, nur weil ich Ihnen geholfen habe."
„Okay okay, schon gut, tut mir leid."

Das war ja mal ne Ansage. Rachel blieben die Worte im Hals stecken und das warme Gefühl in ihrem Bauch wich einem flauen. Glücklicherweise hatten sie das Haus endlich erreicht.

Will stellte den Baum – wie von Rachel ursprünglich geplant – in die hintere Ecke im Wohnzimmer, wo er nicht sofort jedem ins Auge sprang und die Ladys am nächsten Morgen bestimmt überraschen würde. Gemeinsam mit Will ging sie die Treppe in den ersten Stock hinauf. Sie wünschte sich jetzt nichts sehnlicher, als ein heißes Bad zu nehmen und sich anschließend mit einer Tasse heißem Kakao und ein paar Keksen unter der Decke zu verkriechen.

„Gute Nacht und nochmals danke", sagte Rachel, ohne langsamer zu werden oder ihn anzusehen, als sie vor Wills Zimmertür angekommen waren.

Ohne sich noch einmal umzudrehen, ging sie weiter auf ihre Tür zu und betrat ihre gemütliche Bleibe, ohne zu bemerken, dass Will Ryland ihr so lange nachgesehen hatte, bis sie die Tür hinter sich geschlossen hatte.

21. Dezember

8

Ihre zweite Nacht in Fairview verbrachte Rachel in tiefem, zufriedenem Schlaf. Nachdem sie am Vorabend ein langes, heißes Bad genommen hatte, war sie noch einmal in die Küche getappt, um Kakao zu machen und sich zwei der leckeren Cupcakes zu genehmigen, die sie gemeinsam mit Louise und Rose gebacken hatte. Selig hatte sie sich unter ihrer warmen Decke verkrochen, den Fernseher angemacht und ihren Abendsnack genossen. Sie hatte eine alte Folge der Simpsons gesehen und hin und wieder an Will Ryland gedacht. Gott sei Dank hatte er sie beim Weggehen gesehen und war ihr zu Hilfe gekommen. Bei dem Gedanken, dass sie, wäre er nicht aufgetaucht, immer noch in dem Loch bei den Weihnachtsbäumen festsitzen würde, krabbelte eine Gänsehaut ihren Körper hinauf. Bald darauf war sie in einen tiefen, entspannten Schlaf gefallen, der sie am nächsten Morgen gegen acht Uhr erwachen ließ. Sie fühlte sich völlig ausgeruht und relaxt, als sie aus dem Bett stieg, eine Dusche nahm und dann hinunter in die Küche ging.

Louise, Rose, Martha und Alice hatten sich bereits in der Küche versammelt. Applaus erschallte, als Rachel die Küche betrat. Der Reihe nach fielen ihr die vier in die Arme.

„Was ist denn los?", fragte sie ahnungslos, konnte sich aber schon denken, dass der Baum entdeckt worden war.

„Vielen Dank, Rachel, du hast uns eine unglaubliche Freude bereitet“, sagte Rose mit Tränen in ihren Augen. Sie hatte es am meisten getroffen, dass es für kurze Zeit so aussah, als würde das *Four Reasons* in diesem Jahr keinen Weihnachtsbaum haben.
„Wie hast du es denn geschafft, dieses Monstrum von einem Baum hierherzubekommen? Du hast doch nicht etwa Vics Neffen bezahlt, oder? Diesem Gauner wollen wir keinen Cent in den gierigen Rachen werfen“, sagte Martha.
„Aber nein“, lächelte Rachel. „Ich habe ihn gestern Abend gefällt und ihn hierher geschleift. Also … um ehrlich zu sein, hat das mit dem Herschleifen Will Ryland für mich übernommen.“
Es herrschte Stille in der Küche.
„Will Ryland? Aber, ist das nicht …“, begann Alice.
„Wie hast du denn den aus der Reserve gelockt?“, fragte Martha, während sie Rachel herzlich umarmte.

Rachel erzählte, wie sie sich zu *Vics Winterwonderland* aufgemacht und den Baum gefällt hatte. Wie sie den Abhang hinuntergerollt, in das Loch gefallen und von der Tanne begraben worden war und wie Will Ryland ihr heldenhaft aus der Patsche geholfen hatte.

„Will ist ein attraktiver Mann, Rachel, ihr beide würdet ein hübsches Pärchen abgeben. Er wäre perfekt, um dich über diesen Mistkerl hinwegzutrösten, der dich letztes Jahr sitzengelassen hat“, sagte Rose, ohne zu ahnen, dass Alice ihr gestern schon diesen Vorschlag

gemacht hatte.
„Attraktiv ist er, das stimmt“, sagte Rachel. „Zumindest, wenn er rasiert ist und einen ordentlichen Haarschnitt hat. Allerdings ist er auch ziemlich seltsam. Hat kaum ein Wort gesprochen und mir dann nochmal klargemacht, dass ich bloß nicht denken soll, wir seien jetzt Freunde.“
Fragend sahen die vier Frauen Rachel an.
„Dann ist er ein Idiot“, sagte Alice bestimmt. „Wie kann man eine hübsche Frau wie dich so vor den Kopf stoßen? Noch dazu, wenn sie ein so großes Herz hat?“

„Guten Morgen allerseits.“
In der Küche wurde es still und Rachel, ebenso wie Louise, Rose, Martha und Alice klappte synchron die Kinnlade hinunter. Will Ryland hatte soeben die Küche betreten und sah einfach nur göttlich aus. Rachel hatte sich schon gedacht, dass unter dem dicken Mantel, dem Schal, dem wirren Haar und dem Vollbart, hinter dem er sich versteckt hatte, ein attraktiver Mann stecken musste, und am Abend zuvor hatte sie ja bereits bemerkt, dass er wirklich unglaublich gut aussah. Bei seinem jetzigen Anblick aber blieb ihr die Luft weg. Will trug dunkelblaue Jeans, einen dunkelblauen Pullover von Ralph Lauren und darunter ein weißes Hemd. Sein Haar war ordentlich geschnitten, er war frisch rasiert und seine stahlblauen Augen blitzten aus seinem kantigen Gesicht hervor. Außerdem wirkte er längst nicht mehr so verschlossen wie in den Tagen zuvor.

„Mr. Ryland, ist alles in Ordnung? Stimmt etwas mit Ihrem Zimmer nicht? Oder möchten Sie Ihr Frühstück heute etwas früher?“

Louise ging davon aus, dass irgendetwas in Wills Zimmer nicht stimmen konnte – ansonsten hätte er sich bestimmt nicht die Mühe gemacht, herunterzukommen. Noch dazu, wo sie alle hier versammelt waren.

Will lächelte sie sanft an und verursachte dabei bei Rachel ein Kribbelgefühl in der Magengegend. Er war zwar ein Arsch, aber dafür ein verdammt gutaussehender.

„Es ist alles bestens, Mrs. Samuels, ich dachte nur, ich könnte heute Morgen einmal mit Ihnen fünf frühstücken?“

In der Küche herrschte weiterhin ungläubige Stille. Rachel erwartete fast, dass Will in den nächsten Minuten schallend zu lachen begann und ihnen eröffnete, dass er sie nur veralbert hatte. Louise war die Erste, die das Schweigen brach.

„Natürlich können Sie mit uns frühstücken“, sagte sie. „Ich bringe noch ein zusätzliches Gedeck. Sie haben doch nichts dagegen, neben Rachel zu sitzen, oder?“ Die alte Dame sah Rachel verschmitzt grinsend an.

Der Vormittag verging wie im Flug, und nach einem gemütlichen Frühstück machte sich die kleine Gruppe daran, den Weihnachtsbaum zu schmücken. Selbst

Will Ryland, der mittlerweile gar nicht mehr so seltsam wirkte, ein offenes, nettes und auch sehr humorvolles Naturell besaß, beteiligte sich daran. Rachel fragte sich die ganze Zeit über, was wohl passiert war, dass er sich so verändert hatte. Nachdem er die ersten paar Tage überhaupt nicht aus seinem Zimmer gekommen und ihr am Abend zuvor aus der Patsche geholfen hatte, ihr obendrein aber klarmachte, dass sie nicht denken sollte, sie beide seien jetzt Freunde, passte sein Verhalten überhaupt nicht zu ihm. Verstohlen warf Rachel Will ab und zu Blicke zu, doch er schien sie völlig zu ignorieren.

„*Hör auf damit*", dachte sie bei sich. „*Er hat dir gestern klargemacht, dass du dir nicht mal eine Freundschaft erhoffen sollst. Und du gehst davon aus, dass er mehr von dir will? Der Typ steht bestimmt auf ganz andere Kaliber von Frauen, also sei bei Gott nicht so kindisch und führ dich auf wie eine pubertierende Dreizehnjährige.*"

Nach dem Lunch ging es am Nachmittag zum Gemeindezentrum, wo der Kuchenbazar eröffnet und möglichst viele Leckereien an den Mann gebracht werden sollten. Will hatte die Frauen samt den restlichen Schachteln mit Gebäck zum Ort des Geschehens gebracht, weil es bequemer war, in einem Pick-up zu reisen als in dem kleinen Etwas von Auto, das Rose fuhr. Er half beim Ausladen und Aufbauen der Tische und auch seine Gesprächsbereitschaft war mit der Zeit so weit gestiegen, dass man ihn beinahe schon „Plappermaul" nennen konnte. Rachel wusste, dass er 34 Jahre alt war und aus Connecticut stammte (gut, das hatte sie auch schon zuvor gewusst, weil Louise es ihr verraten hatte), er arbeitete als selbstständiger Rechtsanwalt und verbrachte seine Freizeit gerne mit Sport und alten Filmen. Er hatte seinen Abschluss in Yale gemacht, wusste ein gutes Glas Whiskey zu schätzen und war Fan der Knicks und der Giants. Und obwohl es Rachel brennend interessierte, fragte sie ihn nicht nach seinem Familienstand. Auf eine zweite Abfuhr konnte sie gut und gerne verzichten. Andererseits – er war an Weihnachten alleine mitten im Nirgendwo, also erübrigte sich ihre Frage vermutlich von selbst.

Der Nachmittag neigte sich bereits dem Ende zu und die Gäste, die das Gemeindezentrum zu Anfang gestürmt hatten, verließen es nach und nach wieder, vollbepackt mit leckeren Paketen voller Gebäck. Gerade die Leckereien aus dem Hause *Four Reasons* hatten sich allergrößter Beliebtheit erfreut. Schier unendliche Menschenmassen hatten sich um den kleinen Stand gedrängt, um einen Nougatmuffin, eine Tüte Weihnachtskekse oder eine kleine Schokoladentorte zu ergattern und etwas Smalltalk zu führen. So wie es aussah, waren die Reasons-Ladys in der ganzen Gemeinde beliebt, was nicht schwer zu glauben war. Rachel war heilfroh, hier gelandet zu sein. Innerhalb von nicht einmal zwei Tagen fühlte sie sich in Fairview so zuhause, wie es in den letzten Monaten noch nicht einmal in ihrem Appartement der Fall gewesen war. Sie hatte in den vergangenen beiden Tagen kein einziges Mal an Cal gedacht, obwohl sie vor den Feiertagen fest damit gerechnet hatte, dass die Ereignisse des vergangenen Jahres gerade jetzt wieder sehr präsent werden würden. Das Gefühl, das sich in ihr breitgemacht hatte, hätte sie nicht erwartet, und gerade das war das Schöne daran. Sie hatte damit gerechnet, dass dieses Weihnachten das traurigste aller Zeiten werden würde, und war in ein Weihnachtswunderland mitten im Nirgendwo gestolpert. Fast so, als hätte der Weihnachtsmann am JFK sie absichtlich hierhergeschickt …

Rachel war gerade dabei, die leeren Kartons, die sich bereits unter dem Tisch stapelten, auf dem die Ladys ihre Ware anboten, nach draußen zu bringen, als ihr ein dicklicher Mann in Anzug, mit Hornbrille und Glatze auffiel. Er sah aus wie der Prototyp eines unsympathischen Buchhalters, stand am anderen Ende der Verkaufshalle und unterhielt sich mit Rose, Martha und Alice. Es musste eine hitzige Diskussion sein, denn er wie auch die drei Frauen gestikulierten wie wild mit den Armen. Was genau gesprochen wurde, konnte Rachel nicht hören. Sie warf noch einmal einen Blick auf den Mann und überlegte, ob das vielleicht Vic war. Vielleicht hatten die drei ihm die Hölle heißgemacht, weil sie ihren Baum selber abholen mussten. Oder vielleicht hatte Vic ihnen die Hölle heißgemacht, weil sie den Baum einfach so tatsächlich selbst abgeholt hatten, ohne ihm Bescheid zu sagen. Sie hoffte inständig, dass ihre kleine Baumaktion die Damen nicht in Bedrängnis gebracht hatte, doch sie hatte es als Selbstverständlichkeit angesehen, ihnen zu ihrem Baum zu verhelfen. Sollte Vic nicht einsichtig sein, dann würde sie ihm eben eine kleine Aufwandsentschädigung dafür zahlen, dass sie den Baum ohne sein Wissen abgeholt hatte. So wie es aussah, war er wohl einer der Menschen, bei denen man mit Geld ziemlich viel erreichen konnte.

„Wer war denn der Mann, mit dem ihr euch vorhin unterhalten habt?“, fragte sie, nachdem die Kartons entsorgt waren und die Damen am Verkaufstisch die letzten Kuchenplatten und Tortenbehälter verstauten.
„Wer?“
Alice tat, als würde sie nicht wissen, von wem Rachel sprach.
„Dieser Typ im Anzug, mit Glatze und Brille, war das etwa Vic? Weil ich den Baum geholt habe?“
Alice wirkte immer noch verwirrt und gar nicht ganz bei sich.
„Vic? Ach, Kindchen nein, das war nicht Vic, das war nur … einer meiner früheren Liebhaber. Er wollte sich wieder mit mir verabreden, aber ich habe ihn in die Wüste geschickt.“
Sie lachte nervös.
„Okay“, sagte Rachel, wusste aber, dass Alice sie gerade angeschwindelt hatte. Dieser Typ sah nicht so aus, als hätte er sie überreden wollen, wieder mit ihr auszugehen. Außerdem stellte sie eine gewisse Geknicktheit ihrer „Golden Girls“ fest, seit sie mit diesem Kerl gesprochen hatten. Rachel suchte den Mann in der Menge, konnte ihn aber nicht mehr entdecken.

Auch beim Abendessen, das dieses Mal aufgrund des Kuchenbazars etwas später stattfand, nahm Will teil und langsam, aber sicher lockerte sich die Stimmung so weit auf, dass Rachel die Geschichte mit Alice' abgelegtem Lover langsam zu glauben begann. Nach dem Essen holte Louise die Kiste mit den Gesellschaftsspielen der Pension heraus und die kleine Gruppe beschäftigte sich einige Stunden mit Scrabble und Activity.

Gegen elf begaben Rachel und Will sich hinauf ins Dachgeschoss in ihre Zimmer.
„Nacht, Will", sagte sie, als sie an Wills Zimmer vorbeikamen, während sie schnurstracks – wie am Vorabend – auf ihres zuging und darin verschwand. Sie bemerkte, dass es ihr fast schwerfiel, ihm nicht auf geeignetere Weise eine gute Nacht zu wünschen. Sie wollte sich bei ihm für die Hilfe beim Kuchenbasar bedanken und hätte ihm gerne gesagt, dass sie den Tag und den Abend mit ihm sehr genossen hatte.

Wieder bemerkte sie nicht, dass Will ihr hinterher sah und erst dann sein Zimmer betrat, als sie ihre Türe bereits geschlossen hatte.

22. Dezember

9

Den nächsten Vormittag verbrachte Rachel – die sich inzwischen fühlte, als sei sie schon seit Ewigkeiten in Fairview – neuerlich in der kleinen Mall in der Innenstadt, wo sie gemeinsam mit den Ladys und Will einkaufte. Ihr war aufgefallen, dass Will seit diesem Morgen auffällig oft ihre Nähe suchte, sie wie zufällig berührte und ihr fast nie von der Seite wich, auch nicht, als sie testweise acht verschiedene Katzenkalender durchblätterte und bei jedem einzelnen Bild „Ooooooh, wie niedlich" schwärmte. Sie hätte sich selbst belogen, hätte sie behauptet, Will übe keine Anziehung auf sie aus, doch nachdem er ihr bei ihrer ersten Begegnung so schroff klargemacht hatte, dass er an keiner Freundschaft zu ihr interessiert war, versuchte sie ihn auf Abstand zu halten – was ihr zunehmend schwerfiel. Doch trotz allem – irgendetwas an ihm war … seltsam. Okay, er hatte von seinem Job und seinen Hobbys erzählt, davon, dass er Giants-Fan war, aber das alles wirkte ziemlich aufgesetzt und gekünstelt, fast so, als hätte er es einstudiert, um es jederzeit herunterbeten zu können. Etwas Persönliches von sich hatte er bislang noch nicht preisgegeben, obwohl er über die Sache mit Rachel und Cal Bescheid wusste, die am Abend zuvor kurz angeschnitten wurde.

Sie aßen in der Mall zu Mittag und Rachel besorgte – trotz ihres Vorsatzes, es nicht zu tun – einige Weihnachtsgeschenke für ihre Familie, die sie am nächsten Tag per Post nach Seattle senden wollte. Mit viel Glück kamen sie vielleicht sogar rechtzeitig an.

Den Nachmittag verbrachten die Ladys bei der Weihnachtsfeier des Vereins der Töchter Fairviews, einer gemeinnützigen Zusammenkunft, die auch den Kuchenbasar veranstaltet hatte und durch das Jahr immer wieder Wohltätigkeitsevents auf die Beine stellte. Sie hatten sich ungefähr hundertmal dafür entschuldigt, dass sie den Abend nicht mit ihren Gästen verbringen konnten, doch sie hatten gar nicht damit gerechnet, so kurz vor den Feiertagen überhaupt Gäste zu haben, sodass sie der Weihnachtsfeier einfach zugesagt hatten. Louise hatte ihnen angeboten, ein opulentes Abendessen zu kochen, doch Will und Rachel hatten ihr mehrfach versichert, dass sie sich ein paar Sandwiches und einen gemütlichen Abend machen würden und dass es überhaupt nicht notwendig war, in großem Rahmen aufzukochen. Kurz bevor die vier das Haus verlassen hatten, hatte Alice Rachel noch zugezwinkert und ihr „einen ganz besonders schönen Abend“ gewünscht. Rachel hatte dies mit einem Lächeln abgetan. Sie und Will – nicht in dieser Welt, nicht in diesem Universum.

Nachdem die vier von einem Tross weiterer Frauen abgeholt worden war, hatte Rachel sich auf die Couch im Wohnzimmer gesetzt, während Will sich – wieder einmal – in seinem Zimmer verkrochen hatte. Er wolle „lesen“, hatte er Rachel fast rechtfertigend gesagt, doch er wirkte irgendwie geknickt, sodass sie ihm die Geschichte mit dem Lesen nicht ganz abnahm, noch dazu, wo das Wohnzimmer eine schier grenzgeniale

Leseecke bot. Vielleicht war auch er auf so üble Art und Weise abserviert worden wie sie selbst, kam es ihr in den Sinn, während sie sich fragte, wann das Fernsehprogramm so mies geworden war, dass es sinnvoller war, dem Gras beim Wachsen zuzusehen. Vielleicht war es ihm ähnlich wie ihr ergangen und er suchte aus diesem Grund ihre Nähe. Vielleicht schaffte er es noch nicht, darüber zu sprechen – sie selbst hatte ja auch so ihre Probleme damit – und zog sich deshalb von Zeit zu Zeit zurück. Sie sagte sich selbst, nicht ständig über Will Ryland nachzudenken, während sie zwischen den Kanälen hin und her zappte und sich fragte, welche Sorte Rotwein Will wohl zu seinen Sandwichs trinken wollen würde.

Es klingelte an der Tür. Rachel sah auf und fragte sich, wer das sein konnte. Die Ladys hatten nichts von weiteren Gästen gesagt, was, wenn da draußen jetzt jemand stand und ein Zimmer haben wollte? Gut, nachdem es keine mit Passwörtern gesicherten Computersysteme gab, die für einen Check-in notwendig waren, würde Rachel es schon bewerkstelligen können, einen Gast aufzunehmen. Sie wusste, dass im Büro die Schlüssel für die Zimmer hingen, konnte ein Bett frisch beziehen und die Gastdaten konnte Martha aufnehmen, wenn sie wieder zurückkam. Rachel hoffte fast, dass ein paar Gäste vor der Tür standen, die ein Zimmer brauchten. Das Gefühl, dass das *Four Reasons* sich in finanziellen Schwierigkeiten befand, hatte sie seit dem Auftritt des Hornbrillenmannes nicht mehr losgelassen.

Als sie die Tür öffnete, erstarrte sie erst einmal. Ein Gast war dieser Mann bestimmt nicht. Es war der Hornbrillenmann. Derselbe Kerl, der am Tag zuvor mit Rose, Martha und Alice hitzig gesprochen hatte, stand vor der Tür. Der Kerl, von dem Alice behauptet hatte, er sei ein abgelegter Liebhaber.

„Kann ich etwas für Sie tun?“
„Ich möchte zu den Eigentümerinnen“, sagte der Mann in einer Tonlage, die giftig und anmaßend klang.
„Tut mir leid, die Damen sind derzeit nicht im Haus. Kann ich ihnen etwas ausrichten?“
„Sie amüsieren sich wohl mit Geld, das sie nicht haben“, keifte der Mann und kniff seine ohnehin schon winzigen Augen zusammen, sodass sie sich zu Schlitzen verengten.
„Sie können ihnen ausrichten, dass die Bank das Haus nach den Feiertagen zur Zwangsvollstreckung ausschreibt, sollten die offenen Raten bis dahin nicht bezahlt werden. Und wenn ich mich so umsehe …“ Er sah an ihr vorbei in das leere Wohnzimmer hinein. „… dann sollten die Damen schon mal damit anfangen, ihre Koffer zu packen.“
Er grinste sie hämisch an.
Rachel knallte ihm, ohne ein weiteres Wort zu verlieren, die Tür vor der Nase zu.

Jetzt war es also amtlich. Die Ladys *hatten* Geldprobleme – und nicht wenige. Eigentlich lag es auf der Hand. Das Haus war groß, aber hatte nur zwei Gäste. Vor ihr und Will waren zwei Monate lang überhaupt keine Gäste da gewesen und im Oktober auch nur ein einziger – ein Handelsvertreter auf der Durchreise, der für eine Nacht geblieben war. Und so wie es aussah, waren auch für die kommenden Wochen keine horrenden Gästescharen in Sicht – wie denn auch? Das *Four Reasons* befand sich in einer Kleinstadt von noch nicht einmal eintausend Seelen, es gab nirgendwo irgendetwas Sehenswertes und die nächste Großstadt – Chicago – war drei Zugstunden entfernt. Alles in allem war es ein Wunder, dass das Haus sich bis jetzt hatte halten können, vermutlich war dies nur deshalb möglich gewesen, weil die Ladys all ihre Ersparnisse investiert und diverse Renovierungen fremdfinanziert hatten – ein Umstand, der ihnen jetzt in Gestalt des Hornbrillenmannes auf den Kopf fiel.

Rachel machte den Fernseher aus und überlegte, ob es eine Möglichkeit gab, den Frauen zu helfen, das Hotel behalten zu können. Sie überlegte, sie auf ein Investment anzusprechen, sie selbst hatte etwas Geld auf der hohen Kante, das sie gerne ins *Four Reasons* investiert hätte, doch damit wäre den vieren auch nur bedingt geholfen gewesen. Das Geld hätte sie vielleicht über einige Monate hinweggerettet, doch dann hätten sie erst recht wieder vor demselben Scherbenhaufen gestanden wie jetzt. Es würde auch so gut wie gar nichts bringen, wenn Rachel ihre Familie mobilisierte, nach Fairview zu kommen und hier die Feiertage zu verbringen. Sie war sicher, dass ihre Eltern nichts lieber täten, als das Weihnachtsfest mit ihrer Tochter zu verbringen, dafür würden sie auch die Anreise in ein verschlafenes Nest im Nirgendwo in Kauf nehmen, doch auch diese Variante war nur vorübergehend von Erfolg gekrönt. Nach den Feiertagen wäre das *Four Reasons* wieder genauso leer und genauso pleite wie zuvor, und selbst wenn die Daniels' all ihre künftigen Familienurlaube in Fairview verbrächten, würde es dem Hotel auf Dauer nicht helfen. Es musste ein völlig anderer Ansatz her, und das so schnell wie möglich. Es war in Bezug auf das *Four Reasons* nicht fünf vor, sondern fünf nach zwölf und Rachel hatte keine Ahnung, ob es ihr gelingen würde, etwas für das Hotel und die vier Damen zu tun. Sie starrte eine Weile Löcher in die Luft und sprang schließlich, wie vom wilden Affen gebissen, auf. Ihr war eine Idee gekommen, das *Four Reasons* doch noch zu retten.

10

„Rachel? Rachel? Rachel, bist du da drin?"
Rachel wurde aus ihren Gedanken gerissen, als jemand an ihre Tür klopfte. Sie kletterte von ihrem Bett herunter, das unter Unmengen von Papieren, Zeichnungen, Stiften und ihrem Laptop begraben war, und öffnete die Tür. Will stand mit einem Tablett voller Sandwiches davor.
„Hey, ich hab wohl die Zeit vergessen", sagte Rachel lächelnd und schob sich eine Haarsträhne aus dem Gesicht.
„Die Zeit vergessen? Es ist nach neun. Was machst du denn?"
Er sah an ihr vorbei auf das Chaos, das sich auf ihrem Bett türmte.
„Ich …" Rachel überlegte. „Komm am besten rein und sieh's dir an."
Will trat ein und stellte das Tablett auf die kleine Kommode, auf der sich auch der Fernseher befand.
„Wow, was ist denn hier los?", fragte er.
Rachel sammelte einige der Blätter auf und sortierte sie.
„Setz dich, ich muss dir was zeigen", sagte sie und drehte ihr Notebook in Wills Richtung.
„Ich habe festgestellt, dass das *Four Reasons* Geldprobleme hat."
„Wundert mich nicht. Wir sind die einzigen zwei Gäste hier und der letzte Gast vor uns war im Oktober da", sagte Will, während er sich aufs Bett setzte.

Rachel blitzte der Gedanke durch den Kopf, dass der attraktive Will Ryland gerade etwa einen halben Meter von ihr entfernt auf dem Bett saß, dass sie ganz alleine in diesem Haus waren und sie, wäre sie ein Vamp gewesen, einfach über ihn hätte herfallen können. Doch nachdem sie das wohlerzogene Mädchen von nebenan war, das sich außerdem in wichtiger Mission – das *Four Reasons* zu retten – befand, wischte sie diesen Gedanken schnell beiseite.

„Ich meine, die haben wirklich Probleme", sagte Rachel. „Heute Nachmittag war irgend so ein fieser Typ von der Bank da, der mir gestern beim Kuchenbasar schon aufgefallen ist. Er hat mit den Ladys hitzig diskutiert, Alice wollte mir weismachen, er sei einer ihrer abgelegten Liebhaber, der sich eine neue Chance ausgerechnet hatte, doch mir kam er von Anfang an seltsam vor. Vorhin stand er dann vor der Tür und meinte, wenn die ausständigen Raten nicht bis nach den Feiertagen bezahlt werden, würde das Hotel zwangsversteigert werden."

Will wirkte betroffen.

„Oh Mann, das würde den Ladys das Genick brechen", sagte er.

„Genau", stimmte Rachel zu, „und aus diesem Grund habe ich beschlossen, ihnen zu helfen."

Sie deutete auf den Bildschirm, auf dem gerade eine Website am Entstehen war. In warmen Braun- und Cremetönen wurde auf verschiedenen Seiten das *Four Reasons* vorgestellt, ihre Eigentümer, die Gegend und die Geschichte des Hauses, soweit Rachel sie hatte rekonstruieren können.

„Woher … hast du die ganzen Infos?", fragte Will,

während er sich durch die Seite klickte.
„Von der Broschüre, die mir der Kerl im Reisebüro gegeben hatte“, sagte Rachel und wedelte mit dem abgegriffenen Folder. „Weißt du, die Broschüre ist echt toll, sie ist informativ und ansprechend. Allerdings bringt sie rein gar nichts, wenn sie nur in kleinen Reisebüros aufliegt und sonst niemand weiß, dass das *Four Reasons* überhaupt existiert. Den Rest habe ich aus alten Zeitungsberichten in Online-Archiven zusammengesucht und aus dem, was die Ladys mir erzählt haben.“
„Aber, denkst du wirklich, dass Gästescharen über das Haus hereinbrechen, nur weil es eine Website hat?“
Rachel schenkte Will ein wissendes Lächeln, das ihm ein warmes Gefühl in der Magengegend bereitete.
„Natürlich nicht. Die Website ist nur ein Tropfen auf den heißen Stein. Ich werde morgen meine Familie und Freunde bitten, die Feiertage hier zu verbringen. Das Haus soll ausgebucht werden. Außerdem möchte ich es im Katalog von einigen Reisebüros in der Gegend aufnehmen lassen. Ich habe recherchiert, das *Four Reasons* ist so gut wie unsichtbar im Internet – und außerhalb des Internets sieht es auch nicht gerade besser aus. Es war lediglich die Telefonnummer des Hauses zu finden, nachdem ich den Hotelnamen auf der Gelbe-Seiten-Website eingegeben habe. Das Haus wird noch nicht einmal in den einschlägigen Hotelvergleichsseiten gelistet, obwohl die so gut wie jedes Hotel, das über zwei Zimmer verfügt, listen.“
„Und was willst du tun?“, fragte Will.
„Ich habe vor, Anzeigen in Lokalblättern und online zu schalten, mit Sonderangeboten. Drei Nächte zum Preis

von zweien, fünf zum Preis von vieren und all sowas. Ich möchte das Hotel als Romantikhotel vermarkten, als Kleinod mitten im Nirgendwo, als den perfekten Ort zum Relaxen, zum Herunterkommen, zum Zu-sich-Finden, verstehst du?“
„Klingt nicht übel“, sagte Will, „aber … glaubst du, ist das den Mädels recht?“
„Ich weiß es nicht. Ich hoffe es. Aber es ist, glaube ich, die einzige Chance, die das *Four Reasons* hat, um weiterhin bestehen zu können.“
Will blätterte Rachels Notizen durch.
„Das … Rachel, das ist großartig. Mit diesem Konzept könnte es dir tatsächlich gelingen, das Hotel zu retten.“
„Ich hoffe es. Ich hoffe wirklich inständig, dass es noch nicht zu spät kommt und dass diese Werbeaktion nicht schon viel früher hätte starten müssen, um etwas bewirken zu können.“

Die Blicke der beiden begegneten sich und für einen Augenblick schien die Welt still zu stehen. Es kribbelte in Rachels Magengegend, und sie spürte, dass es Will ebenso gehen musste. Vielleicht war das alles hier Schicksal gewesen. Dass es sie nach Fairview verschlug, dass sie in das Schneeloch gefallen und Will ihr zu Hilfe geeilt war, dass sie sich langsam, aber sicher etwas annäherten, dass …
„Hast du Lust auf ein paar Sandwiches?“, sagte er plötzlich, den Moment der vollkommenen Romantik zerstörend.
„Ähm … ja, okay“, antwortete Rachel verwirrt.

„Warum verbringst du die Weihnachtsfeiertage hier?“, fragte Will.

Sie beide saßen auf Rachels Bett und aßen die Sandwiches, die Will zubereitet hatte und die wirklich lecker schmeckten. Rachels Notizen, Zeichnungen und Pläne hatten sie sorgfältig gestapelt und auf dem Nachttisch neben dem Bett platziert. Rachel atmete einmal tief durch. Die Geschichte, wie Cal sie im letzten Jahr mit Vlasta betrogen hatte, hatte sie immer noch nicht völlig verdaut. Ob sie bereit war, sie in vollem Ausmaß Will zu erzählen, und sich nicht – so wie am Abend zuvor – darauf zu beschränken, dass sie hier war, weil ihre Beziehung in die Brüche gegangen war, wusste sie nicht.

„Weil der Weihnachtsmann mich hierher geschickt hat“, sagte sie lächelnd.
„Was?“
„Ich … ich wollte eigentlich Urlaub auf Hawaii machen, weißt du? Ich konnte dieses Jahr nicht zu meiner Familie nach Seattle, weil mein Exverlobter mich genau vor einem Jahr an Weihnachten in meinem Elternhaus mit der Vierundzwanzig-Stunden-Pflegekraft meiner Großtante Mae betrogen hat. Ich hab die beiden direkt in der Nacht von Heiligabend auf den ersten Weihnachtstag in flagranti erwischt. Cal – mein Exverlobter – ist keine zehn Minuten, nachdem ich in dem Zimmer aufgetaucht bin, in dem er sich mit der Dame verlustierte, abgehauen und seither habe ich ihn nicht mehr gesehen. Er hat seinen Kram aus meinem Appartement geholt und war verschwunden.

Ich hätte es einfach nicht geschafft, nach Hause zu fahren und diesem Flittchen unter die Augen zu treten, vermutlich wären all die Gedanken und Gefühle von damals wieder hochgekommen und eigentlich hatte ich auch keine große Lust, Weihnachten generell zu feiern. Ich dachte, ich verbringe die Feiertage an irgendeinem Strand und komme sonnengebräunt wieder zurück, lasse den ganzen Kram mit all seinen Erinnerungen hinter mir und versuche, etwas Abstand zu gewinnen. Am Flughafen wurde mir dann mitgeteilt, dass mein Flug wegen irgendwelcher Unwetter verschoben worden war und ich erst frühestens nach den Feiertagen hätte fliegen können. Ich hab mich dann in der Flughafenhalle umgesehen und bin bei einem kleinen Reisebüro-Stand gelandet, wo ein Kerl im Weihnachtsmannkostüm mir diesen Trip verkauft hat. Allerdings hat er dabei vom *Four Seasons* und nicht vom *Four Reasons* gesprochen."

Sie schmunzelte.

Will wirkte nachdenklich.

„Ein Kerl im Weihnachtsmannkostüm?", fragte er.

„Ja, er hat ausgesehen, als wäre er einem Coke-Werbespot entstiegen. Das war der real wirkendste Weihnachtsmann, den ich jemals gesehen habe", erinnerte sich Rachel an den Mann am JFK mit seinem Rauschebart, dem roten Mantel und den schweren, schwarzen Stiefeln.

„Das ist seltsam", sagte Will. „Mir hat auch ein Kerl im Weihnachtsmannkostüm geraten, hier abzusteigen."

„Was?"

Rachel horchte auf.

„Ich hatte eigentlich vor, bis nach Eagle Creek zu

fahren, das ist etwa einhundert Meilen westwärts von hier, dort soll es eine exzellente Whiskey-Brennerei geben, deren Besuch ich mir selbst zu Weihnachten schenken wollte", sagte er.
„Ich habe in einem Diner in einem Kaff namens Montilly Hill angehalten, um zu essen, das war etwa fünfzig Meilen von hier. Dort hat ein Kerl im Weihnachtsmannkostüm neben mir gesessen und mir geraten, Eagle Creek sein zu lassen, weil die Whiskey-Brennerei erstens übel und zweitens ohnehin über die Feiertage geschlossen wäre. Außerdem wäre das einzige Hotel dort abgebrannt und ich würde wohl bei Minus zwanzig Grad in meinem Auto schlafen müssen, ehe ich die Heimreise antreten könnte. Er kenne aber in Fairview ein hübsches, ruhiges Hotel, das er mir empfehlen würde. Er hat mir …"
Will griff nach der Broschüre, die zwischen den beiden auf dem Bett lag, und sah sie verwundert an. „Rachel, er hat mir genau so eine Broschüre in die Hand gedrückt und mich hierher geschickt. Schon verrückt, findest du nicht? Ich weiß noch, dass ich bei mir dachte, ich hätte noch nie einen so echt wirkenden Weihnachtsmann gesehen wie diesen Kerl. Und jetzt sagst du mir, dass auch dich ein Weihnachtsmann hierher geschickt hat?"
Rachel und Will sahen sich an.
„Dich hat auch ein Weihnachtsmann hierher geschickt?", wiederholte Rachel fragend.
„Ja. Es war verrückt. Ich habe am Tresen gesessen und plötzlich kommt dieser Typ rein, der genauso aussieht, wie jedes Kind sich Santa Claus vorstellt. Er setzt sich neben mich und wir kommen ins Gespräch.

Er hatte diese tiefe Stimme und dieses herzliche, ansteckende, laute Lachen, er war ein Paradebeispiel für einen Weihnachtsmann. Er rät mir zum *Four Reasons* und gibt mir die Broschüre. Als Nächstes fragt mich die Bedienung, ob ich Schoko- oder Apfelkuchen zum Nachtisch möchte, ich entscheide mich für Apfelkuchen, drehe mich wieder um und der Kerl ist verschwunden. Ich meine, ich habe mich vielleicht zwanzig Sekunden von ihm abgewandt, so dick, wie er war, hätte er es in der Zeit noch nicht einmal geschafft, problemlos vom Hocker aufzustehen. Aber er war weg. Ich sah zur Tür hinaus, aber auf dem Parkplatz konnte ich ihn auch nicht entdecken. Das war schon seltsam. Es war, als wäre er vom Erdboden verschluckt, und mir war für einen Augenblick wirklich mulmig zumute. Ich habe mich gefragt, ob dieser Typ tatsächlich neben mir gesessen hat oder ob ich mir alles nur eingebildet habe, aber vor mir lag noch die Broschüre des Hotels. Ich weiß nicht warum, aber ich bin hierhergekommen. Ich hatte es nicht vor, aber es war irgendwie so, als *musste* ich hierherkommen. Obwohl ich den Kerl aus den Augen verloren hatte und obwohl es ja auch leicht möglich gewesen wäre, dass er ein psychopathischer Killer ist, der an den Raststätten entlang des Highways Leute aufsammelt und in sein Hotel lockt, um sie dort abzuschlachten ... oder was auch immer."

Rachel erinnerte sich an „ihren" Weihnachtsmann. Auch er war ein Berg von einem Mann gewesen, hatte einen weißen Rauschebart gehabt, einen tiefe, melodische Stimme und ein schallendes Lachen. Und auch sie hatte eigentlich vorgehabt, die Feiertage nicht zu Hause, sondern irgendwo anders zu verbringen. Erst recht nicht, wenn er ihr eröffnet hätte, dass ihr Reiseziel eine abgelegene Kleinstadt im mittleren Westen ist. Wenn sie ehrlich mit sich war, hatte sie bereits mit dem Gedanken gespielt, nach Seattle zu fliegen und sich ihrer Vergangenheit zu stellen, als sie erfahren hatte, dass ihr Flug gestrichen worden war.

„Seltsam“, sagte sie, „meinst du, könnten diese Weihnachtsmänner Teil einer Werbekampagne sein? Immerhin stellt Abercrombie & Fitch attraktive Kerle vor ihre Läden, die Kundinnen anlocken, warum sollte das *Four Reasons* nicht Weihnachtsmänner aussenden?“
Will lachte.
„Wäre das nicht eine sehr aufwendige Kampagne, wenn man bedenkt, dass das Hotel noch nicht einmal eine Website, dafür aber zwanzig Jahre alte Flyer hat? Ich kann mir außerdem nicht vorstellen, dass die Ladys bei Abercrombie & Fitch Marketingstrategien klauen.“
„Stimmt, jede Werbefirma hätte ihnen zuerst dazu geraten, neues Infomaterial zu erstellen, bevor sie so eine Kampagne starten. Ganz abgesehen davon, dass es vermutlich ein Vermögen kostet, willkürlich Weihnachtsmänner in den Staaten zu verteilen, die potentielle Gäste anquatschen.“
„Übrigens, tut mir leid, was mit deinem Exfreund passiert ist“, sagte Will plötzlich.
Rachel sah ihn unvermittelt an.
„Schon okay“, entgegnete sie.
„Er muss ein ziemlicher Trottel gewesen sein.“
„Wieso?“

„Weil er so einen warmherzigen, lieben Menschen wie dich verletzt hat“, sagte Will und sah Rachel an.

Sie hatte immer versucht, die Sache mit Cal damals nicht zu nah an sich heranzulassen. Es war ihr unheimlich peinlich gewesen, dass diese Sache im Haus ihrer Eltern passiert war und dass sie sich damals so verletzlich zeigen musste. Schon von klein auf war sie immer jemand gewesen, der Niederlagen sehr professionell wegsteckte und sich nirgendwo heulend verkroch. Dass ihr Verlobter sie gerade in ihrem Elternhaus an Heiligabend mit einer anderen betrog, war fast noch schlimmer, als die Tatsache des Betrügens selbst. Jetzt darüber mit Will zu sprechen, fand sie völlig okay. Es verursachte kein seltsames, peinliches oder unangenehmes Gefühl, das Thema anzuschneiden.

„Weißt du, jetzt, ein Jahr danach, sehe ich das alles etwas differenzierter. Vermutlich war er einfach nicht der Richtige für mich und das Ganze hatte passieren müssen. Wir waren verlobt und wollten einige Monate später heiraten. Nicht auszudenken, wenn ich jemanden geheiratet hätte, der mich – und den ich – nicht richtig geliebt hat.“
„Du bist ein großartiger Mensch, Rachel“, sagte Will, „ich meine, du siehst das alles sehr professionell und ziehst dir deine Lehren aus der Geschichte. Andere würden in Selbstmitleid versinken und die ganze Welt verfluchen. Du machst einfach weiter und lernst daraus.“
„Keine Sorge, die Sache mit dem Selbstmitleid habe

ich hinter mir“, lachte Rachel und dachte an die ersten paar Tage, als Cal aus ihrem Leben verschwunden war. Es war, als würde ihre Welt auf sie herabstürzen, all die stabilen Säulen, die sie getragen hatten, würden umfallen und sie unter sich begraben. Sie hatte ein Meer aus Tränen an Cal verschwendet, bis ihr endlich klar geworden war, dass dieser Mistkerl sie gar nicht verdient hatte, und dass es wohl das Beste gewesen war, dass er aus ihrem Leben verschwunden war.

„Warum verbringst du die Feiertage hier?“, fragte sie und stellte fest, dass sie bei Will wohl einen wunden Punkt getroffen hatte.
Sein Gesicht verhärtete sich, seine Augen wurden gleichzeitig hart und traurig, und Rachel bereute, die Frage gestellt zu haben.
„Ich habe ganz vergessen, dir das hier zu zeigen“, sagte Rachel und zog ein weiteres Blatt Papier aus ihrem Stapel. Sie wollte Will nicht in Bedrängnis bringen und hielt es für das Beste, das Thema zu wechseln.
„Was ist das?“, fragte er und nahm ihr das Blatt aus der Hand. Seine Laune schien sich augenblicklich gebessert zu haben.
„Ich möchte diese Anzeige ganzseitig in diversen Lokalblättern abdrucken lassen“, sagte Rachel. „Ich habe herausgefunden, dass der County Herald, der verschiedene Ausgaben für etwa zwanzig kleine Ortschaften hier in der Gegend herausbringt, nur etwa eine Autostunde entfernt ist. Ich denke, ich werde mich morgen mal auf die Socken machen und diese Maschine in Gang bringen.“

Wills Augen nahmen wieder den liebevollen, aufmerksamen Blick an.
„Wenn du möchtest, kann ich dich fahren."
Rachel sah auf und blickte ihn fragend an.
„Na ja, du bist doch mit dem Zug und dem Flugzeug gekommen, und ich glaube auch nicht, dass das öffentliche Verkehrsnetz hier besonders gut ausgebaut ist. Ich würde mich freuen, wenn ich dich unterstützen könnte, Rachel – auch, wenn es sich nur um die Autofahrt handelt."
Rachels Lippen verzogen sich zu einem Lächeln.
„Klingt gut", sagte sie.

Eine Weile später verließ Will Rachels Zimmer. Sie hatten sich noch über Gott und die Welt unterhalten, und obwohl es Will überhaupt nicht schmeckte, begann er, Rachel gern zu haben. Sie war unvoreingenommen und liebevoll. Charmant und witzig, sie war ein Energiebündel, aber dennoch die Ruhe selbst. Außerdem hatte sie bestimmt ein großes Herz, wenn man bedachte, was sie im Begriff war, für die *Four Reasons*-Ladys zu tun. Sie hatte fast aus ihm herausgekitzelt, was mit Casey und Bella passiert war, für einen Augenblick war er versucht gewesen, es ihr zu verraten. Doch dies war ein Geheimnis, das er mit ins Grab nehmen würde.

23. Dezember

11

Rachel hatte am vergangenen Abend noch eine Weile an ihrem Werbekonzept gearbeitet und war, nachdem sie sich alle Unterlagen zurechtgelegt hatte, zu Bett gegangen. Es war ihr schwergefallen, sich auf ihre Arbeit zu konzentrieren, nachdem Will das Zimmer verlassen und sie den ganzen Abend dieses besondere Gefühl zwischen ihnen beiden verspürt hatte. Sie konnte ihn nicht einordnen. Es lag auf der Hand, dass er sie hin und wieder anbaggerte, ihr Blicke zuwarf und sie ansah, wenn er dachte, sie würde es nicht bemerken. Dieser Augenblick, als er ihren Blick fixiert hatte, sie sich beide in die Augen sahen und kurz davor waren, sich zu küssen, der war definitiv real gewesen. Den hatte sie sich nicht eingebildet. Im nächsten Moment hatte er ihr Sandwiches angeboten und getan, als wäre sie ein x-beliebiger Kerl, den er in irgendeiner Kneipe kennengelernt hatte. Es war nett von ihm gewesen, ihr Abendbrot aufs Zimmer zu bringen und ihr anzubieten, sie nach Glenn Hook, wo der County Herald beheimatet war, zu fahren. Sie hatte sich zwar etwas im Internet über die Zugverbindung dorthin informiert, aber mit dem Auto direkt vor die Haustüre gebracht zu werden, war natürlich etwas anderes. Überdies hatte er es wieder einmal geschafft, ihre Gefühle vollends zu verwirren. Auf der einen Seite hatte er in den vergangenen Tagen vermehrt ihre Nähe gesucht, doch als sie versucht hatte, näher an ihn heranzukommen, hatte er sie eiskalt abblitzen lassen.

Er hatte noch nicht einmal versucht, sie anzumachen, obwohl der vergangene Abend die perfekte Gelegenheit dazu geboten hätte. Die Ladys waren außer Haus, die Stimmung war locker gewesen und Will hatte einfach spüren *müssen*, dass zwischen ihnen etwas war, was über Freundschaft hinausging. Oder war sie wieder diejenige, die Situationen falsch interpretierte und sich in etwas verrannte, was definitiv nicht da war?

Pünktlich um sieben Uhr schrillte Rachels Wecker. Sie stand auf, nahm eine Dusche, schlüpfte in Jeans und einen Pulli, band sich einen Pferdeschwanz und legte dezentes Make-up auf. Sie würde einen ganzen Tag mit Will verbringen, und diese Tatsache machte sie etwas nervös. Sie hatte schon mehrfach festgestellt, dass Will Ryland unglaublich anziehend auf sie wirkte, und das, obwohl er verschrobener nicht hätte sein können. Er musste irgendein dunkles Geheimnis haben, so wie er sich gestern Abend verhalten hatte, als sie ihn auf seinen Aufenthalt hier angesprochen hatte. Er wollte ursprünglich zu einer Whiskey-Destillerie. An Weihnachten. Wer verbrachte die Feiertage denn schon in einer Destillerie, wenn er nicht gerade schwerer Alkoholiker war? Rachels Gedanken überschlugen sich. Was, wenn Will doch ein verrückter Killer war? Was, wenn er am anderen Ende der Staaten irgendjemanden umgebracht hatte und dann hierher geflohen war? Die kleine Pension der Ladys eignete sich hervorragend zum Untertauchen, hier würde ihn so schnell niemand finden. Und sein Name – es könnte gut sein, dass er den „richtigen“ Will Ryland kannte, wusste, dass der in Connecticut lebte, und auch seine Adresse im Kopf gehabt hatte, als er unter seinem Namen eingecheckt hatte. Sie schüttelte demonstrativ den Kopf. Ihre Gedanken waren mit ihr durchgegangen und Will war weder verrückt noch ein Killer. Er war eben … eigen. Er war verschlossen und stand nunmal nicht darauf, jedem seine Lebensgeschichte auf die Nase zu binden. Er war schwer einzuschätzen. Und obwohl Will einer der schrägsten Typen war, die sie jemals kennengelernt hatte, stand doch außer Zweifel, dass sie sich seinetwegen so herausputzte. Rachel warf einen prüfenden Blick in den Spiegel und war mit dem Ergebnis zufrieden. Sie schnappte sich ihre Handtasche und lief hinunter in die Küche.

Rose schenkte Will gerade Kaffee ein, der hatte die Nase in die Zeitung gesteckt. Vor ihm auf dem Teller lag ein lecker aussehendes Schinkenomelett.
„Guten Morgen“, sagte Rachel.
Rose lächelte.
„Guten Morgen, Kindchen.“
Auch Will sah von seiner Zeitung auf.
„Guten Morgen.“
Er heftete seinen Blick auf sie, und Rachel hatte das Gefühl, als würde er sie etwas zu lange ansehen, als es für ein gewöhnliches „Guten Morgen“ ausreichend war. Sie holte sich ein Glas und etwas Multivitaminsaft

aus dem Kühlschrank und setzte sich an den Tisch, wo bereits Schinken, Käse, frisches Gebäck und allerlei weitere Leckereien warteten.

„Wie war eure Weihnachtsparty?“, fragte Rachel.
„Oh, Rachel, die war großartig“, platzte Rose freudestrahlend heraus. „Es war toll, wieder einmal etwas rauszukommen und Abstand zu gewinnen von …“
Sie wurde still und wirkte nachdenklich, traurig. Kein Wunder, dachte Rachel, bei allem, was die vier Frauen im Augenblick durchmachen mussten. Sie standen vor dem Ruin und sahen keine Möglichkeit, den drohenden Bankrott abzuwenden. In Rachel stieg Kampfgeist auf. Sie würde das *Four Reasons* retten, komme, was wolle. Noch einmal erinnerte sie sich daran, dass sie ihre Familie unbedingt davon überzeugen musste, die Feiertage hier zu verbringen. Und Will konnte dasselbe tun.
„Und, habt ihr beide schon Pläne für heute?“, fragte Martha, während sie eine Kanne Kakao, genauso wie Rachel ihn mochte, auf den Küchentisch stellte.
Will und Rachel sahen sich an.
„Wir … ja, Will und ich wollten Weihnachtsgeschenke kaufen fahren“, sagte Rachel. „Ich hatte mir in diesem Jahr zwar vorgenommen, nichts zu verschenken, weil ich Weihnachten ja eigentlich ausfallen lassen wollte, aber je näher der Heilige Abend rückt, desto unruhiger werde ich, in Anbetracht der Tatsache, dass ich wirklich gar nichts zu verschenken habe.“
Martha lächelte.

„Siehst du, jemand wie du kann das Fest der Liebe nicht einfach ausfallen lassen. Deine Familie findet es sicher schade, dass du dieses Jahr nicht zuhause bist.“

Rachel lächelte in sich hinein. Sie würde das Weihnachtsfest bestimmt mit ihrer Familie – und auch mit den *Four Reasons*-Ladys verbringen können. Die vier würden ganz schöne Augen machen, wenn sie plötzlich Full House hatten.
„Und Sie, Will, hat Sie der Weihnachtsrummel auch gepackt?“, fragte Rose.
„Eigentlich zwingt Rachel mich dazu, sie zu fahren“, lachte Will und zwinkerte Rachel zu.

Einige Stunden später waren die beiden nach einer fast zweistündigen Autofahrt in Glenn Hook angekommen, der kleinen Ortschaft, in der auch das Büro des County Herald beheimatet war. Sie waren eine halbe Ewigkeit durch ein Meer aus Weiß gefahren, und für kurze Zeit hatte Rachel sich gefragt, ob sie jemals ans Ziel kommen würde. Will hatte kein Navi benutzt und behauptet, er würde auch ohne Anleitung den Weg finden, da er ihn sich auf der Karte angesehen hatte, und wenn Rachel ehrlich war, hatte sie den einen oder anderen Gedanken daran verschwendet, dass sie vermutlich als am Auto festgefrorene Leiche enden würde. Als sie Will diese Gedanken mitteilte, hatte der sie nur von der Seite angelächelt und „Vertrau mir“ gesagt, was in ihr gleich wieder ein unendlich warmes – und gleichzeitig sinnloses – Kribbeln ausgelöst hatte.

„Also, wie sieht dein Plan aus?“, fragte Will, als die beiden auf dem kleinen Dorfplatz in Glenn Hook zum Stehen gekommen waren.

Rachel sah sich um. Das kleine Örtchen sah wie ausgestorben aus, nur vereinzelt kreuzten Menschen ihren Weg, betraten den kleinen Lebensmittelladen, der sich direkt vor ihnen befand, oder stiegen in eines der wenigen Fahrzeuge, die auf den Parkflächen abgestellt waren. Vermutlich war der Großteil der Bevölkerung im Augenblick bei der Arbeit oder würde zuhause das Mittagessen vorbereiten. Manager und herausgeputzte Angestellte, die mit einem Bagel oder einem Starbucks-Becher in der Hand von einem Termin zum nächsten hasteten, suchte man hier vergebens.

„Als Erstes sollten wir versuchen, das Büro des County Herald ausfindig zu machen“, sagte Rachel. Sie besah sich jedes Gebäude einzeln, konnte „Millys Supermarkt“, „Daisys Änderungsschneiderei“, „Sue's Hair & Beauty“ und „Ed's Werkstatt“ erkennen, aber keinen County Herald.

Will sah sich ebenfalls um und blickte skeptisch drein. „Sieht irgendwie nicht so aus, als ob die Lokalpresse hier ansässig wäre“, sagte er. „Wenn du mich fragst, glaube ich, die verbreiten Nachrichten hier noch mittels Rauchzeichen.“
Rachel sah ihn an und für einen Augenblick trafen sich ihre Blicke. Wieder das kribbelige, warme Gefühl in ihrem Bauch.
„Lass uns irgendwo reingehen und nachfragen“, sagte

Rachel und zog Will wie selbstverständlich am Arm mit sich.

Die Berührung schickte einen Stromstoß durch ihren Körper, obwohl sie Handschuhe und Will einen Mantel trug. Es war einfach unglaublich, dass sie auf diesen Mann so reagierte, was aber vermutlich darin begründet lag, dass er ihr zum einen deutlich gemacht hatte, dass er kein Interesse an ihr hatte, sie zum anderen aber ab und zu mit Blicken bedachte, die einen Eisberg hätten zum Schmelzen bringen können. Sie steuerten auf „Millys Supermarkt“ zu und betraten den kleinen Laden.

Rachel und Will fanden sich im Inneren einer kleinen Verkaufsfläche wieder, die mit allerlei Regalen und Kleinkram vollgestellt war. Der Laden sah eher aus wie ein Marktstand auf einem türkischen Basar als wie ein Supermarkt. Ganz vorne befand sich eine Theke, hinter der eine kleine, dickliche Frau – Milly höchstwahrscheinlich – stand und sich mit einer anderen, kleinen dicklichen Frau unterhielt.

„Wow“, entfuhr es Rachel.
So etwas wie hier hatte sie noch nie gesehen. Rechts von ihr reihte sich eine unendliche Masse an verschiedensten Konservendosen aneinander, direkt daneben waren Sixpacks mit Getränken in Plastikflaschen aufeinandergestapelt worden und das Regal direkt vor ihr beherbergte Unmengen an Knabberzeug und Schokolade in XL-Packungen. Selbst die Wände des kleinen Ladens waren als

Verkaufsfläche genutzt worden. Verschiedene Pullover, T-Shirts und sogar Teppiche hingen an Wäscheleinen in Reih und Glied nebeneinander. Die beiden Frauen an der Theke unterbrachen ihr Gespräch, als sie die Neuankömmlinge bemerkten, hielten inne und sahen Rachel und Will argwöhnisch an.

„Hallo", sagte Rachel und ging einige Schritte auf die beiden Damen zu. „Mein Name ist Rachel Daniels, ich bin auf der Suche nach dem Büro des County Herald."
„Sie sind aber nicht von hier", fragte die Dame hinter der Theke – Milly –, ohne auf Rachels Frage einzugehen.
„Ich … ähm, nein, ich bin eigentlich aus New York, aber …"
„New York? Herrgott im Himmel, warum fallen denn die Großstädter neuerdings bei uns ein!", rief die andere Frau.
„Weißt du, erst letzte Woche war eine Familie aus Long Island hier, hat mir Sue erzählt. Offenbar waren sie auf der Durchreise und hatten eine Panne. Ed hat ihnen ihre Karre wieder fit gemacht", sagte sie an Milly gewandt weiter.
„Ich erinnere mich noch, wie dieser attraktive Typ aus Los Angeles Maureen Taylors Tochter Kelly besucht hatte", wusste auch Milly eine Geschichte zu erzählen. „Die beiden waren wochenlang über E-Mail in Kontakt und Kelly hat ihm ein falsches Foto von sich geschickt. Der arme Kerl ist den ganzen Weg hierher gefahren und hat ein Mädchen getroffen, das das genaue Gegenteil der hübschen Blondine war, deren Foto er

erhalten hat."
Sie lachte, dann schwenkte sie ihren Blick auf Will.
„Sind Sie auch aus New York, mein Hübscher?", fragte sie und sah ihn dabei mit gierigen Augen an.
Rachel musste ein Kichern unterdrücken.
„Ja, das bin ich."
„Also *solche* Großstädter lassen wir uns gefallen, was, Patty?", kicherte Milly, während die beiden Frauen Will beinahe mit den Augen auszogen und ihm immer wieder vielsagende Blicke zuwarfen.
Will legte unvermittelt seinen linken Arm um Rachel und zog sie an sich heran – vermutlich war er nicht gerade begeistert davon, das neueste Objekt der Begierde der beiden alten Damen zu sein. Rachel genoss das Gefühl von Wills Arm um ihren Körper, die Wärme, die von ihm ausging, und die Tatsache, dass die beiden Damen im Laden nun glaubten, sie beide seien ein Paar. Sie fühlte, wie ihr Bauch zu kribbeln begann, ihre Knie weich wurden und sich ein Lächeln auf ihren Lippen abzeichnete, das sie zu unterdrücken versuchte. Sie durfte nicht reagieren wie ein verliebter Teenager, weil es gar nichts gab, worauf sie hätte reagieren können. Zum ersten Mal seit der Trennung von Cal bemerkte sie, wie sehr ihr ein Partner doch fehlte. Obwohl sie zutiefst verletzt war, nach allem, was Cal ihr angetan hatte, wurde ihr in diesem Moment, in dem kleinen Krämerladen von Glenn Hook bewusst, dass sie mehr oder weniger ganz alleine dastand. Zuhause in New York hatte sie das Ganze ganz gut überspielen können, sie hatte sich in Arbeit vergraben und – womöglich ganz unbewusst – zugesehen, dass auch ihre Freizeit immer dermaßen durchgeplant war,

um nur ja nicht zu viel Zeit zum Nachdenken zu haben.

„Können Sie uns nun sagen, wo wir das Büro des County Herald finden?“, fragte sie höflich noch einmal und schüttelte ihre melancholischen Gedanken ab.
Ja, es war Weihnachten, ja, sie war Single und ja, Will war einfach göttlich, aber im Augenblick hatte sie Wichtigeres zu tun, als ihrem leidigen Beziehungsstatus nachzuhängen. Und ganz nebenbei war Will ohnehin nicht an ihr interessiert, das hatte er bereits mehrfach zum Ausdruck gebracht.
„Ach Kindchen, ein Büro wirst du nicht finden, der alte Doug McAllister gibt den Herald heraus, das macht er aber von seinem Schuppen aus – ihr müsst ein Stück die Straße runter zu McAllisters Abschleppdienst. Im Gartenschuppen ist das ‚Büro‘.“
Milly kicherte wieder und Patty stimmte mit ein.
„Vielen Dank“, sagte Rachel.
Sie und Will drehten um und steuerten auf den Ausgang zu.
„Nette Rückansicht, mein Hübscher“, rief Patty Will zu und kicherte im nächsten Moment mit Milly im Duett los.

„Hast du jemals in deinem Leben einen so vorwitzigen Laden gesehen?“, fragte Rachel, als der eisige Wind sie im Freien gefangen nahm.
„Ich fand die Eigentümerin und deren Freundin noch gruseliger als den Laden selbst“, lachte Will und sah Rachel in die Augen.
Die beiden standen sich gegenüber.

„Danke, dass du mir aus der Patsche geholfen hast", sagte er und fixierte ihren Blick.
„Aus der Patsche?"
„Na ja, dass du mitgespielt hast, als ich meinen Arm um dich gelegt habe. Ich muss zugeben, für einen kurzen Augenblick hatte ich fast Angst, die beiden würden über mich herfallen, mich hinter den Tresen ziehen und …"

Er verdrehte die Augen und schenkte ihr im nächsten Moment ein Lächeln, das die Schmetterlinge in ihrem Bauch, die sich gerade wieder etwas gefangen hatten, neuerlich zum Leben erweckte.
„Keine Ursache", entgegnete sie und hielt seinem Blick stand, obwohl sie nichts lieber getan hätte, als in seine Arme zu fallen und ihn zu küssen.
Augenblicklich wurde ihr trotz der Temperaturen, die weit unter dem Nullpunkt liegen mussten, heiß. Sie wusste nicht, woran es lag, doch Will wurde ihr von Moment zu Moment sympathischer. Aus dem verschrobenen, merkwürdigen Typen vom Zimmer nebenan war mittlerweile ein echt heißer, überhaupt nicht mehr merkwürdiger Typ geworden.
„Wollen wir uns auf die Suche nach dem Abschleppdienst machen", sagte sie, um ihre Fassung zu behalten und ihn nicht doch noch unvermittelt zu küssen, so wie er sie gerade ansah.
„Stets zu Diensten!"
Will hakte Rachels Arm bei sich unter und sie beide gingen über den Dorfplatz zum Wagen.

„Will, warte mal."
Sie waren gerade an „Sue's Hair & Beauty" vorbeigekommen, einem kleinen Laden mit drei Friseurplätzen, die wohl noch aus den siebziger Jahren stammten, in dem eine Frau mittleren Alters zwischen zwei weiteren alten Damen hin und her eilte. Einer der beiden drehte sie gerade schwungvolle Locken ein, der anderen föhnte sie immer wieder einzelne Partien ihres Haares. Rachel blieb abrupt stehen und linste nach schräg gegenüber zu Daisys Änderungsschneiderei. Will folgte ihrem Blick.
„Hast du ... jemanden gesehen?"
„Nicht jemanden – etwas", sagte Rachel fast verschwörerisch und zog Will auf die Änderungsschneiderei zu.

„Nicht zu glauben", murmelte sie, als sie vor dem kleinen Laden standen, in dessen Schaufenster zwei uralte Puppen mit uralten Klamotten – eine von ihnen hatte ein altes Maßband wie eine Schärpe über der rechten Schulter liegen – die Dienste von Daisy feilboten. „*Änderungen – rasch, flink und günstig*" besagte ein selbstgeschriebenes Plakat, das zwischen den Puppen an die Scheibe geklebt worden war und dessen bunte Farben bereits ziemlich verblichen waren. Neben den beiden Puppen befand sich ein weiteres selbstgemaltes Schild. Die Farben dieses Schildes wirkten noch nicht so vergilbt und alt wie die der Änderungsschneiderei. „NEU: *Daisys Reiseträume – fragen Sie drinnen nach unseren Pauschalangeboten*", besagte es.
„Ist das ...", begann Will und schmunzelte.

„Ganz genau. Daisy betreibt nicht nur eine Änderungsschneiderei, sondern auch ein Reisebüro. Oder zumindest die Glenn Hook-Version eines Reisebüros“, lächelte sie.
„Und was hast du vor?“
Will konnte sich schon denken, dass Rachel bereits eine Idee im Kopf hatte.
„Kleine Marketingstrategie aus Mr. Wilders BWL-Grundkurs an der Uni – zwei Unternehmen, die voneinander profitieren könnten, zusammenbringen“, sagte sie lächelnd. „Ich bin mir sicher, Daisy würde sich über eine kleine Provision des *Four Reasons* freuen, wenn sie Nächtigungen für ihre Kunden bucht. Und das *Four Reasons* freut sich über Nächtigungsgäste, die von Daisy kommen, und ist gerne bereit, fünf oder sieben Prozent Provision an sie abzugeben.“
„Das leuchtet ein.“
Wieder dieser intensive Blick von Will.
„Dann lass uns reingehen.“
Sie zog Will in den kleinen Laden.

Drinnen war es still, es roch nach altem Holz und Stoff und nach einer längst vergangenen Zeit. Rachel schmunzelte, als sie den Laden betraten. Auch wenn die kleinen Läden hier höchst seltsam anmuteten, so hatten sie alle doch auf ihre ganz eigene, besondere Art und Weise ihren Charme. An der Wand rechts von ihnen türmte sich ein gigantisches Regal mit einer Flut aus verschiedenfärbigen Stoffbahnen, hinter einer kleinen Theke direkt gegenüber dem Eingang konnte man in ein kleines Zimmer im hinteren Bereich sehen, wo augenscheinlich das Nähzimmer eingerichtet war. An den Wänden zwischen den Regalen waren Poster und Postkarten von verschiedenen Reisezielen angebracht worden, in der hinteren linken Ecke stand ein Schreibtisch mit einem alten IBM-Computer darauf – vermutlich das „Reisebüro“. Ein Windspiel, das über der Tür angebracht war, meldete sich zu Wort, als Rachel und Will eintraten.

„Herzlich willkommen bei Daisy, ich komme schon, einen kleinen Moment“, rief eine helle Stimme säuselnd vom Nähzimmer heraus.

Daisy McAdams war eine zierliche, kleine Frau mit hellblonden Haaren, die bereits stark ergraut war. Sie hatte helle Haut, eine spitze Nase und weich geschwungene Lippen und musste früher einmal bildschön gewesen sein. Sie erzählte Rachel und Will davon, dass sie eigentlich Balletttänzerin gewesen war, nach einem Sturz jedoch nicht mehr tanzen konnte und sich auf das Entwerfen von Kostümen spezialisiert hatte. Sie hatte in den Fünfzigern für einige Filmstudios in Hollywood gearbeitet und wusste die eine oder andere Anekdote über die damaligen Stars zu erzählen. Daisy McAdams war eine unglaublich nette, angenehme Person, und sie davon zu überzeugen, eine Kooperation mit dem *Four Reasons* einzugehen, war leichter als gedacht. Rachel hatte nicht einmal zehn Minuten sprechen müssen, war die kleine alte Dame schon Feuer und Flamme für den Deal und hatte zugesagt, das *Four Reasons* in ihre Listung, was kleine regionale Hotels betraf, mit aufzunehmen. Da sie ohnehin gerade vier Stück in der Umgebung als ihre Geschäftspartner verzeichnete, kam ihr ein Hotel in Fairview gerade recht, das obendrein noch als Wellness- und Ruhepol angepriesen wurde.

„So können meine Kunden eine etwas weitere Reise unternehmen und einmal wirklich den Alltag hinter sich lassen“, hatte Daisy freudig gesagt, als sie die Daten des *Four Reasons* auf ihrem Notizblock notiert hatte. Rachel vereinbarte mit ihr, dass sie und ihr Ehemann ein Wochenende im *Four Reasons* vorbeikommen könnten, um sich vor Ort von dem Hotel zu überzeugen, und versprach, sich, nachdem sie sich mit den ‚Golden Girls‘ abgestimmt hatte, wieder zu melden und ihr außerdem Infomaterial, das Hotel betreffend, zukommen zu lassen. Außerdem hatte Daisy ihr die Telefonnummer ihres Neffen gegeben, der die kleine, unscheinbare Website von Daisys Reiseträume betreute, um das *Four Reasons* auch dort unterzubringen.

„Aber Mom, darum geht es doch gar nicht. Ich weiß, dass es dem Hotel nichts bringt, wenn nur ein Mal für eine Woche alle Zimmer ausgebucht sind. Es geht darum, den Ladys etwas Bargeld in die Kassen zu spülen, es geht darum, diesem Bankheini ein voll belegtes Hotel zu präsentieren, und es geht darum, das *Four Reasons* wieder etwas in Aufwind zu bringen. Um den ganzen Marketingkram kümmere ich mich schon. Alles, was ich von dir will, ist, dass du Dad,

Grandma und Grandpa, Onkel Paul und Tante Colette sowie Wendy, Michael und Chris einpackst und sie hierherbringst. Ich schicke dir eine SMS mit der Telefonnummer des Hotels und du rufst sofort an und buchst die Zimmer. Ihr könnt nach Chicago fliegen und dann den Zug nehmen …“ Sie war eine Weile still. „Ja, ich weiß, wie lange drei Stunden im Winter in einem Zug sein können, ich habe sie auch hinter mich gebracht. Aber Mom, mir ist das wirklich wichtig. Ich möchte den vier Ladys helfen. Und außerdem wäre es schön, Weihnachten mit meiner Familie feiern zu können.“
Wieder eine Pause.
„Außerdem wäre es schon, Weihnachten wieder in ein etwas anderes Licht rücken zu können, nach allem, was im letzten Jahr mit Cal und dieser Pflegerin von Tante Mae passiert ist“, spielte sie einen Joker aus, der ihr den Sieg einbringen würde.
Noch einmal war sie eine Weile still, doch auf ihren Lippen zeichnete sich ein Lächeln ab.
„Okay, dann sehen wir uns morgen. Danke, Mom.“

Rachel legte auf, seufzte erleichtert und strahlte übers ganze Gesicht.
„Na, konntest du sie überzeugen?“
Will lächelte sie an.
„Sie setzt sich ans Telefon, trommelt alle zusammen, bucht den Flug und die Zimmer bei den Ladys“, grinste Rachel.
„Jetzt müssen wir nur noch die Sache mit dem County Herald in die Wege leiten und das Geschäft dürfte Aufwind bekommen“, sagte sie zufrieden, als sie Will

gegenüber in „Mollys Teapot“, dem örtlichen Café, saß und sich einen der köstlichsten Kakaos schmecken ließ, den sie jemals getrunken hatte. Überhaupt kam es ihr so vor, als wären das Essen und die Getränke hier im Niemandsland viel besser als in den Großstädten. Vermutlich lag das daran, dass hier viel weniger Zusatzstoffe zugeführt und keiner so sehr auf die Kalorienanzahl und den Fettgehalt achtete wie zum Beispiel in Manhattan. Will sah sie an und lächelte.
„Du bist fantastisch, Rachel, weißt du das?“, sagte er unvermittelt.
Sie wurde rot. Ihr Blick ging zu Boden.
„Ach komm, so besonders ist das nun auch wieder nicht. Jeder andere würde ebenfalls versuchen, den Ladys unter die Arme zu greifen.“
„Nein, das würde bestimmt nicht jeder andere tun“, wiegelte Will ab. „Ich habe keinen so warmherzigen Menschen wie dich mehr getroffen seit …“
Er brach ab, sah ebenfalls zu Boden und trank seinen Kaffee in einem Schluck aus.
„Wollen wir dann dem Typen vom County Herald einen Besuch abstatten?“

Rachel sparte es sich, bei Will nachzubohren, warum er seinen Satz im Teapot so abrupt abgebrochen hatte. Sie hatte bereits am Vorabend festgestellt, dass es irgendetwas geben musste, worüber er nicht sprechen wollte. Möglicherweise war ihm ebenso übel in Sachen Liebe mitgespielt worden wie ihr, und sie wusste nur ja zu genau, wie schwierig es sich oftmals gestaltete, einem Fremden – oder überhaupt irgendjemandem –

sein Herz zu öffnen und darüber zu sprechen, wie weh es getan hatte, als man derart gedemütigt worden war. Gut möglich, dass Will erst vor kurzem von seiner Frau/Freundin verlassen worden war und im Augenblick noch nicht bereit war, darüber zu reden. Erst recht nicht mit einer fast wildfremden Person. Doch gerade die Tatsache, dass er offenbar im selben Boot saß wie sie, machte ihn noch anziehender, als er ohnehin schon war.

Der Besuch beim County Herald gestaltete sich etwas schwieriger, aber nachdem Doug McAllister, der Herausgeber, seines Zeichens aber auch Inhaber des Abschleppdienstes, erst etwas misstrauisch gewesen war, ebenfalls als voller Erfolg. Der verhärmte alte Mann, der einen schmutzigen Arbeitsoverall trug, welcher voller Ölflecke war, hatte sie in einen kleinen Raum hinter seiner Werkstatt geführt, wo er das „Büro" des Herald eingerichtet hatte. Es bestand aus einem alten Schreibtisch, einem noch älteren Computer und einer Kaffeemaschine, die wohl schon länger nicht mehr gereinigt worden war. An den Wänden des kleinen Büros hingen vereinzelte Titelbilder des County Herald, hier und dort auch ein Foto von Doug mit einer weiteren Person, vermutlich jemandem aus der Lokalprominenz. Anfangs hatte er sich rigoros geweigert, einen Artikel in seinem Blatt abzudrucken, und als Rachel ihm klargemacht hatte, dass sie sich keinen simplen Artikel, sondern eine Anzeige, die über eine ganze Seite verlief, vorgestellt hatte, wäre er beinahe von seinem Stuhl gekippt. Doch Rachel hatte auch hier ein Ass im Ärmel. Sie hatte ihm zugesagt, den County Herald auf die Referenzliste ihrer Agentur setzen zu lassen, sobald sie wieder in New York wäre, was Doug fast Freudentränen in die Augen trieb. Die kleine Lokalzeitung hatte somit die Chance, in Zukunft als Werbeträger für große Unternehmen ausgewählt zu werden, die bundes-, wenn nicht sogar landes- oder weltweit agierten. Sie machte ihm zwar wenig Hoffnung, von Ford, Starbucks oder Apple als Werbeträger für Printkampagnen ausgewählt zu werden, doch Doug war sofort Feuer und Flamme für den Deal.

Als Gegenleistung für die Kooperation mit Rachels Arbeitgeber hatte sie mit Doug eine ganzseitige Anzeige vereinbart, die die kommenden zwei Monate in jeder Ausgabe – der Herald erschien wöchentlich – abgedruckt werden sollte. Das *Four Reasons* in Fairview bot hier ein ganz besonderes Special an. Blieb man drei Nächte, bezahlte man nur für zwei, blieb man fünf Nächte, bezahlte man nur für vier und bei einem Aufenthalt über ganze sieben Tage würden einem nur sechs in Rechnung gestellt. Aus der liebevoll gestalteten Anzeige, über der Rachel die halbe Nacht gebrütet hatte, ging hervor, dass das *Four Reasons* neben hervorragender Hausmannskost noch über charmante Zimmer und eine traumhafte Umgebung verfügte, die zum Entspannen und Relaxen im Sommer wie auch im Winter einlud. Das Haus war ideal für gestresste Geschäftsleute, die wieder zur Ruhe kommen wollten, ebenso wie für Paare, die ihre neue Liebe feiern oder ihre bestehende Liebe wieder etwas auffrischen und sich in trauter Zweisamkeit näherkommen wollten. Rachel selbst hatte beschlossen, sich noch vor ihrer Abreise für den Frühsommer im *Four Reasons* einzubuchen, und war sich mittlerweile sicher, dass das Hotel zu diesem Zeitpunkt noch existieren würde. Die kleine Pension war nicht nur in der Zeitungsannonce der perfekte Ort, um abzuschalten und seine Batterien neu aufzuladen, sondern auch in Wahrheit. Noch nie hatte Rachel sich an einem Ort so wohl gefühlt wie im *Four Reasons*. Erst recht nicht nach der Trennung von Cal.

Um sich vor der langen Heimfahrt noch einmal zu stärken, saßen Rachel und Will voller Zufriedenheit, ihre Mission erfolgreich zum Abschluss gebracht zu haben, in Adams Diner und genehmigten sich Lunch in Form von den besten Sandwiches, die Rachel jemals gegessen hatte und die sie mit Adams selbstgemachter Birnenlimonade hinunterspülten.

„Nochmal, Rachel, ich finde es einfach großartig, was du für das *Four Reasons* tust", sagte Will.
„Ich hoffe, das Vorhaben trägt Früchte", meinte Rachel skeptisch. „Wir haben zwar alles getan, was uns möglich war, aber das, was jetzt kommt, ist ein Glücksspiel."
Sie machte sich wirklich Sorgen um die alten Damen und hoffte von Herzen, dass sie ihr Hotel nicht verlieren würden.
„Natürlich wird es das", sagte Will und legte seine linke Hand auf Rachels rechten Unterarm.
Augenblicklich wurde Rachel heiß, ihr Bauch kribbelte

und ihr Herz begann zu klopfen. Verrückt, wie intensiv sie auf Will reagierte. Cal hatte solche Gefühle noch nicht einmal während ihrer Anfangszeit als Paar in ihr ausgelöst.

„Du bist großartig, Rachel, weißt du das", sprach Will weiter und Rachel bemerkte, wie seine Stimme sich plötzlich tiefer, wärmer, ja, erotischer anhörte. Als sein Knie wie zufällig ihres berührte, war es vollends um sie geschehen. Noch nie hatte er in dieser Stimme mit ihr gesprochen. Sie sah auf und sein Blick fing den ihren ein. Seine Augen mussten auf ihr geruht haben, wie sie den Teller mit den Sandwiches vor sich fixiert und nicht aufzusehen gewagt hatte.
„Nein, bin ich nicht", wiegelte sie ab und kam sich albern vor.
Sie konnte viel besser damit umgehen, kritisiert zu werden, als Komplimente zu bekommen, erst recht, wenn die Komplimente von jemandem wie Will kamen.
„Doch, das bist du."
Er rückte etwas näher an sie heran, seine Hand, die immer noch auf ihrem Unterarm lag, nahm ihre Finger und umschloss sie.
„Das wusste ich von der ersten Sekunde an, als ich dich gesehen habe."
Sein Gesicht war ihr jetzt ganz nah. Sie konnte die Wärme, die von ihm ausging, spüren, sein herbes, anziehendes Parfum umhüllte sie und er zog sie noch näher an ihn heran.
Seine linke Hand ließ die ihre los, nur um von der rechten abgelöst zu werden, er verkeilte seine Finger mit ihren, ohne sie aus den Augen zu lassen. Seine

rechte Hand wanderte ihren Rücken hinauf und wieder hinab, streichelte sie zart und löste an ihrem ganzen Körper eine Gänsehaut aus. Nur noch wenige Millimeter trennten ihre Lippen voneinander, und Rachel war knapp davor, zu explodieren. Ihr Verstand schlug Kapriolen und sie fühlte sich einer Ohnmacht nahe. Will würde sie küssen. Warum würde Will sie küssen? Und wieso? Und wieso hier? Und hatte er das schon länger im Sinn? Fühlte er etwa auch, dass zwischen ihnen etwas war? Oder hatte sie sich das nur wieder einmal eingebildet? War das alles nur ein Spiel für ihn? Ein Spaß? Würde er sich bei ihr melden, wenn sie zurück in New York waren? Würden sie heiraten, einen Haufen Kinder bekommen und eines Tages als altes, händchenhaltendes Pärchen auf der Veranda enden? Sie schloss ihre Augen und fühlte die Wärme, die seine Lippen ausstrahlten. Und dann spürte sie den Hauch von seinen Lippen auf den ihren.

„Kann ich euch noch was bringen? Übrigens, sexuelle Handlungen in der Öffentlichkeit sind hier bei uns in Glenn Hook verboten."

Die beiden schreckten auf und die romantische Stimmung war verflogen. Die junge Kellnerin, die bereits Sandwiches und Limonade serviert hatte, stand kaugummikauend vor ihrem Tisch und sah auf sie herunter. Rachel hätte in diesem Moment nichts lieber getan, als sie auf den Mond zu schießen und laut loszuschreien.

„Die Rechnung, bitte“, sagte Will professionell und bezahlte das wohl günstigste Essen seines Lebens. Die Sandwiches und der große Krug Limonade kosteten gerade einmal vier Dollar neunundfünfzig.

Bei Einbruch der Dunkelheit machten sich die beiden zurück auf den Weg nach Fairview. Sie hatten dem kleinen Antiquitätenladen Glenn Hooks noch einen Besuch abgestattet und Rachel hatte für ihre Familie ebenso wie für die vier Ladys Geschenke besorgt und auch eine Kleinigkeit für Will – eine wunderschöne Weihnachtsmannfigur, die dem Weihnachtsmann täuschend ähnlich sah, der ihr die Reise nach Fairview verkauft hatte – war mit in die Einkaufstüten gewandert. Der Weihnachtsmann, er war aus Holz und mit Liebe zum Detail bemalt worden, saß in einem Schlitten, gezogen von seinen Rentieren, deren Fell in dunklem und hellem Braun schimmerte. Selbst Rudolphs Nase war mit einem dezenten, roten Farbklecks bedacht worden. Hinter dem Weihnachtsmann türmten sich Berge von bunten Päckchen, die es galt, an die Kinder der Welt auszuliefern. Einige Pakete waren aus dem Schlitten gefallen und lagen bei dessen Kufen. Der Weihnachtsmann selbst hatte einen Rauschebart, rot glühende Bäckchen und das für ihn typische, freundliche Lächeln aufgesetzt. Sofort als Rachel ihn bemerkte und ihre Finger über die hübsche Figur gleiten ließ, die Geschirre der Rentiere nachzeichnete und die Pakete berührte, wusste sie, dass sie diesen

Weihnachtsmann für Will kaufen musste. Als Geschenk, das ihn immer daran erinnerte, dass der Weihnachtsmann – dieser schräge Typ, der offenbar zeitgleich am JFK und in einer Kneipe fünfzig Meilen von Fairview entfernt gewesen sein musste und sie beide zusammengeführt hatte – ihr persönlicher Glücksbringer war. Außerdem hatten sie es nicht geschafft, an „Bellas Bakery" vorbeizugehen, ohne einen Karton mit verschiedensten, selbstgemachten Kuchenstücken und einer Tüte voll hausgemachter Plätzchen abzusahnen.

12

Es war nach neun, als Will seinen Wagen in der Einfahrt vor dem großen, viktorianischen Haus parkte und sie beide ausstiegen. Sie waren müde und geschafft und Rachel sehnte sich nach einem heißen Bad und ihrem Bett. Der untere Bereich des Hauses war hell erleuchtet, somit waren die Ladys also noch wach. Den Tag über schien kein neuer Gast eingecheckt zu haben, zumindest fand sich in der Einfahrt, bis auf Rose' vorwitziges, rotes Auto, kein anderes Gefährt. Rachel stieg aus und atmete die kalte Winterluft ein. Sie fühlte sich wunderbar. Ihre Mutter hatte sie unterwegs angerufen und ihr mitgeteilt, dass die Zimmer im *Four Reasons* bereits gebucht und die Familie nun auf dem Weg zum Flughafen war. Man habe einen Nachtflug ergattert und würde am darauffolgenden Tag kollektiv in Fairview einfallen.

Die ganze Heimfahrt über hatte Rachel sich auf die Gesichter der *Four Reasons*-Ladys gefreut, die ihr Glück sicher nicht fassen konnten, doch jetzt hatte sie ein mulmiges Gefühl. Was, wenn es den Damen gar nicht recht war, dass sie sich in ihre Angelegenheiten einmischte? Was, wenn sie sich lieber selber um ihre Probleme kümmerten und keine große Lust drauf hatten, dass jemand anderer seinen Senf dazugab? Und Will – ja, Will war den ganzen restlichen Tag über mit ihr auf Tuchfühlung gegangen, hatte sie wie unabsichtlich berührt, ihr eine Strähne aus dem Gesicht geschoben, sie hatte mehrmals bemerkt, wie er sie von der Seite ansah und seinen Blick kaum von ihr nehmen konnte. Als er sie fragte, ob sie Lust habe, den Abend gemeinsam bei einer Flasche Wein, die er, während Rachel den Antiquitätenladen unsicher gemacht hatte, in „Debbies Deli“ besorgt hatte, zu verbringen, hatte die Weihnachtsfreude sie vollends überrannt. Doch einen weiteren Versuch, sie zu küssen, hatte er – einstweilen – noch nicht unternommen. Es fühlte sich fast so an, als würde sich in diesen zauberhaften Weihnachtstagen doch alles zusammenfügen, wie es sein musste.

Voll bepackt wie zwei Lastenesel stürzten Rachel und Will durch die Eingangstür, wo die „Golden Girls“ bester Laune bei Kartoffelchips und ebenfalls einer Flasche Wein beisammensaßen. Sie alle sahen aus, als wäre ihnen ein Stein vom Herzen gefallen.

„Oh, da seid ihr ja endlich“, rief Alice. „Wir haben uns schon Sorgen gemacht.“
„Wir waren Geschenke besorgen“, lachte Rachel und stellte die Pakete, die sie trug, neben der Tür ab, „und haben wohl etwas die Zeit übersehen.“
Will tat es ihr gleich.
„Setzt euch, Kinder, wir haben großartige Neuigkeiten“, rief Martha aufgeregt. „Aber Rachel, ich denke, du weißt schon, worum es sich handelt.“
Rachel lächelte. Die Reservierungen ihrer Familie.

„Das Haus ist ausgebucht, zum ersten Mal seit … seit so langer Zeit!“
Louise fiel Rachel in die Arme. Die kleine alte Frau war sichtlich überglücklich und hatte Tränen in den Augenwinkeln.
„Ich dachte, es wäre vielleicht doch ganz nett, die Feiertage mit meiner Familie zu verbringen“, sagte Rachel.
„Du weißt gar nicht, wie … viel uns das bedeutet“, sagte Martha, deren Augen ebenfalls glänzten.
Rachel überlegte. Eigentlich hatte sie die Damen erst nach den Feiertagen mit ihrer Aktion überraschen wollen, doch der Zeitpunkt schien geeignet, um ihnen gleich jetzt reinen Wein einzuschenken.

Sie zog ihren Mantel aus und hängte ihn an die Garderobe neben der Tür. Dann setzte sie sich auf den Sessel, der sich links von der Couch befand, und bemerkte, wie Will sich auf der Lehne niederließ und seine Hand auf ihren Rücken legte. Die vier Damen sahen Rachel und Will wohlwollend an. Bestimmt war auch ihnen nicht entgangen, dass die beiden ein Vorzeigepärchen abgaben.

„Also, Louise, Martha, Rose, Alice“, begann Rachel förmlich und spürte, wie sie plötzlich nervös wurde. Wills Hand auf ihrem Rücken machte das Ganze nicht gerade einfacher für sie, obwohl sie seine Berührung mit allen Fasern ihres Körpers in sich aufsaugte. Vielleicht waren die vier wirklich nicht so begeistert, dass sie – ohne deren Einwilligung – eine wahre

Werbelawine losgetreten und obendrein noch Rabattaktionen und Preisnachlässe herumposaunt hatte. Was, wenn sie verärgert waren und gar nicht wollten, dass Rachel sich in ihre Angelegenheiten einmischte?
Erwartungsvoll blickten die Damen Rachel an.

„Ich … ich arbeite in New York bei einer bekannten Werbeagentur“, begann sie, „und als mir eure Broschüre in die Hände gefallen ist, dachte ich, es sei an der Zeit, sie etwas aufzupeppen. Ich habe also begonnen, eine neue Broschüre für euch zu entwerfen, und weil ich so in Fahrt war, habe ich gleich auch noch eine Website für euch angelegt. Ich …“ Sie sah zu Boden und spürte nach wie vor Wills Hand auf ihrem Rücken, die sanft ihre Wirbelsäule entlangstrich, als wolle er sie bestätigen, weiterzusprechen.
„Ich ... ich dachte, das Hotel könnte etwas Aufmerksamkeit gebrauchen, also seid ihr ab heute im Katalog von Daisys Reiseträumen aus Glenn Hook gelistet. Als romantische Pension, in der man die Seele baumeln lässt.“
Sie sah in vier Gesichter, die sie voller Neugier anblickten. Argwohn oder gar Aufgebrachtheit konnte sie in keinem davon erkennen, sodass sie mit festerer Stimme weitersprach.
„Ich … ich habe mir erlaubt, mit dem Herausgeber des County Herald eine für euch kostenlose Werbekampagne loszuschlagen. Die nächsten zwei Monate erscheint in jeder Ausgabe des Herald euer Inserat als ganzseitige Werbeannonce. Und ich … bin wohl auch etwas übers Ziel hinausgeschossen. Ich

habe Doug McAllister vom Herald beauftragt, eine Rabattaktion ins Leben zu rufen. Bei drei Nächten werden nur zwei bezahlt, bei fünf nur vier und bei sieben Nächtigungen nur sechs", sagte Rachel.
Die Ladys sahen sie aufmerksam an, und Rachel konnte nicht einschätzen, ob sie ihr Engagement gut oder weniger gut fanden.
„Aber natürlich kann ich diese Aktion auch wieder streichen lassen", setzte Rachel hinzu. „Ich glaube, ich bin wohl wirklich etwas …"
„Aber nein, Rachel, das ist großartig", sagte Martha nach einer Weile. „Wir haben uns weiß Gott wie oft Nächte um die Ohren geschlagen und darüber nachgedacht, wie man unser Hotel ein kleines bisschen mehr in die Öffentlichkeit rücken könnte, aber ich schätze, in unserem Alter ist es gar nicht mehr so einfach, sich in der Welt von Medien, Internet und all diesen Dingen zu behaupten. Über eine kleine Wortanzeige im Lokalblatt hier sind wir nicht hinausgekommen, und diese kleine Anzeige hatte überhaupt keine Wirkung. Alice hat sogar einmal versucht, eine Internetseite ins Leben zu rufen, aber sie ist kläglich gescheitert und war so wütend, dass sie den Internetanschluss gleich wieder abbestellt hat."
Die Frauen lachten und schienen von Rachels Werbekampagne ganz angetan zu sein.

„Ich finde, wir sollten das feiern", sagte Louise, die unbemerkt aus dem Wohnzimmer verschwunden war und jetzt mit einer Flasche Rotwein aus der Küche kam.
Sie überreichte die Flasche Will, der sie öffnete und

den Wein in die bereitgestellten Gläser schenkte.
„Auf das *Four Reasons*", sagte Rachel feierlich.
„Und auf euch beide", zwinkerte Alice ihr zu, bevor sie ebenso feierlich ausrief: „Auf Rachel und Will."

Rachel fiel ein Stein vom Herzen. Wenn sie ehrlich mit sich war, hatte ihr die Tatsache ganz schön zu schaffen gemacht, die vier Damen könnten böse auf sie sein. Immerhin war es nicht jedermanns Sache, sich von Fremden, die man gerade erst ein paar Tage kannte, ins Handwerk pfuschen zu lassen. Dass die vier ihre Handlungen missinterpretieren könnten, wäre schlimm für sie gewesen.

„Rachel?"
Rachel war gerade dabei gewesen, nach oben zu gehen. Der Abend war ziemlich lang geworden und sie und Will hatten mit ihren „Golden Girls" auf die neuesten Fügungen des Schicksals angestoßen. Etwas wehmütig hatte Rachel festgestellt, dass der gemeinsame Abend mit Will, den sie beide eigentlich geplant hatten, ins Wasser fallen würde und dass sich so schnell keine neue Gelegenheit dafür ergeben würde. Immerhin war ihre Familie bereits auf dem Weg nach Fairview und die Feiertage standen vor der Tür. Ihr wurde klar, dass dieser Abend der einzige gewesen war, der ihnen beiden geblieben war.
„Ja?"
Louise kam aus der Speisekammer neben der Küche und hatte einen schweren, tiefgefrorenen Truthahn bei

sich.
„Warte, lass mich helfen“, sagte Rachel und gemeinsam brachten sie den Vogel in die Küche.
„Ich wollte noch einmal danke sagen, mein Kind“, sagte Louise, während sie den Truthahn zum Auftauen in eine Plastikwanne legte, die sie dann in die Spüle stellte.
„Ach, das ist doch nicht der Rede wert“, sagte Rachel.
„Doch, das ist der Rede wert. Und erst recht danke ich dir dafür, dass du nicht ausgesprochen hast, warum du es getan hast.“
„Was?“
Rachel sah die alte Dame fragend an.
„Ich weiß, dass du weißt, dass wir kurz vor dem Ruin stehen, Kindchen“, sagte Louise im Plauderton. „Die Mädls und ich haben uns wohl übernommen, als wir das *Four Reasons* gekauft und eröffnet haben. Wir dachten, die Gäste würden in Scharen einfliegen und ganz zu Anfang ist es gar nicht so schlecht gelaufen. Doch in Zeiten von Internet & Co., in Zeiten, wo ein Flug manchmal weniger kostet als eine warme Mahlzeit, macht niemand mehr Urlaub in kleinen Nestern wie Fairview.“
„Ich bin mir sicher, dass ihr euch bald vor Gästen nicht mehr retten könnt“, sagte Rachel und lächelte zuversichtlich.

Sie hatte schon einen Schritt weitergedacht und wollte, sobald sie wieder in New York war, eine große Kampagne über Upside, ihren Arbeitgeber, aufziehen. Das *Four Reasons* in dem Glanz darstellen, der ihm eigentlich gebührte, und keine unbekannte, kleine

Pension daraus machen, sondern einen exklusiven Vintage-Geheimtipp, der für Monate im Voraus ausgebucht war.
„Dein Wort in Gottes Ohr, mein Kind", sagte Louise liebevoll.
„Brauchst du noch Hilfe beim Truthahn?", fragte Rachel.
„Aber nein, der taut auch ohne meine Anwesenheit hier auf", sagt Louise. „Wir sollten uns jetzt aufs Ohr hauen, was meinst du?"
„Da bin ich völlig deiner Meinung."
Rachel lächelte.
„Gute Nacht, Louise."
„Gute Nacht, Rachel."

Als Rachel die Stufen hinaufschritt, überlegte sie kurz, ob sie die Chance ergreifen und bei Will anklopfen sollte. Er hatte sich schon vor einer Weile verabschiedet und den Damen sowie Rachel eine gute Nacht gewünscht. Er sei müde und müsse jetzt zusehen, dass er seine Mütze voll Schlaf bekam, hatte er gelächelt, während er sein Glas Wein und die mittlerweile leere Flasche genommen und in die Küche getragen hatte.

Vor Wills Zimmer machte Rachel Halt und war für einen kurzen Augenblick tatsächlich versucht, zu klopfen. Doch dann kam ihr in den Sinn, dass es auch für ihn ein langer Tag gewesen war und dass er extra betont hatte, müde zu sein. Ein Anflug der Enttäuschung brach über sie herein, als sie die Hand, die sie bereits zur Faust geballt hatte, um sanft anzuklopfen, wieder herunternahm und auf ihr Zimmer zuging.

13

Ein ereignisreicher Tag neigte sich dem Ende zu und Rachel war höchst zufrieden. Ihre Familie befand sich bereits auf dem Weg nach Fairview, die Ladys hatten sich über ihre Werbeaktion gefreut und Will … ja, sie und Will waren sich, trotz des unglücklich verlaufenen Abends, in den letzten vierundzwanzig Stunden ein enormes Stück nähergekommen. Obwohl sie gar nicht geplant hatte, jemanden kennenzulernen, und obwohl sie sich geschworen hatte, Männer erstmal links liegen zu lassen, hatte Will ihr Herz im Sturm erobert.

Sie hatte gerade erst eine Dusche genommen und sich ihren Schlafanzug angezogen – ein unmöglich unerotisches Teil aus Flanell, in Rot und Grün gehalten und mit Santa und den Rentieren darauf, der es, Gott allein wusste wieso, in ihr Gepäck nach Hawaii geschafft hatte, als es an ihrer Türe klopfte. Ihr Herz hämmerte.
„*Das war bestimmt Will*", schoss es ihr durch den Kopf. Will. Oder Louise, die ihr noch einen kleinen Gute-Nacht-Snack in Form eines Cupcakes oder eines Stücks Kuchen vorbeibrachte. Ihr Herz begann zu hämmern bei dem Gedanken, dass Will da draußen vor der Tür stehen könnte, doch sie atmete ein Mal tief durch und beruhigte sich. Das da draußen war sicherlich nicht Will, sondern viel eher Louise. Immerhin war Will schon vor einer halben Stunde müde gewesen und hatte sich verabschiedet. Er würde längst schlafen und stand bestimmt nicht vor ihrer Tür.

Vielleicht war es auch eine der anderen Frauen, die sich noch einmal bei ihr für ihren Einsatz bedanken wollten. Kein Grund also, in irgendeiner Form – auch nicht des peinlichen Schlafanzuges wegen – Panik zu schieben. Rachel fuhr sich mit der linken Hand zweimal durch ihr Haar, setzte ein Lächeln auf und öffnete die Tür.

Vor der Tür stand Will, dessen Gesichtsausdruck … interessant anmutete, als er Rachels Schlafanzug sah. Diese versteckte sich sogleich hinter der Tür und steckte nur den Kopf auf den Flur hinaus.
„Will."
„Hey. Ich wollte dir noch gute Nacht sagen."
„Gute Nacht."
Er sah sie lächelnd an.
„Ich meine, ich wollte mich gern noch etwas mit dir unterhalten. Unsere gemeinsame Flasche Wein ist doch heute ins Wasser gefallen."
„Ähm …"
„Ich hab deinen Schlafanzug schon gesehen, Rachel, also kein Grund, sich zu verstecken."
Er lächelte dieses charmante Lächeln, das sie ihm zu Anfang gar nicht zugetraut hatte, und sie öffnete die Tür.
„Lach bloß nicht", sagte Rachel, als sie die Tür hinter Will schloss.
Der drehte sich in dem kleinen Zimmer um und sah Rachel an. Den ganzen Tag über hatte sie eine so unglaubliche Anziehungskraft auf ihn ausgeübt, dass er sich nur schwer beherrschen konnte, nicht über sie

herzufallen. Doch das Auto bei der Heimfahrt am Straßenrand abzustellen und sie noch im Wagen zu vernaschen, wäre – obwohl er seit Casey keine derartigen Gedanken mehr gehabt hatte –, alles andere als zielführend gewesen. Er sah sie von oben bis unten an und stellte fest, dass sie in ihrem Weihnachtsmann-Schlafanzug zum Anbeißen aussah.

Rachel bemerkte etwas Lüsternes in seinem Blick, und noch bevor er sie in seine Arme zog und ihre Lippen mit einem heißen Kuss verschloss, wusste sie, was gleich passieren würde. Unter Küssen schälte er sie aus ihrem Schlafanzug, der in der nächsten Ecke landete, bis sie nur noch in Unterwäsche vor ihm stand, während sie schon dabei war, ihm den dunkelroten Ralph-Lauren-Pullover über den Kopf zu ziehen. Ihre Hände machten sich an seinen Jeans zu schaffen, öffneten Gürtel und Knöpfe und die Hose sank zu seinen Knöcheln, während seine Erektion sich gegen ihre Hüften presste. Sie beide atmeten schwer, als Will sie in Richtung ihres Bettes schob und sie sich beide darauf sinken ließen. Sie spürte seine Hände und seine Lippen überall an ihrem Körper und verlor auch ihre eigene Scheu, ihn zu berühren. Sie presste ihren Körper gegen seinen, ließ ihre Fingernägel über seinen Rücken gleiten und spürte dabei, wie der Ständer in seinen engen Boxershorts größer und härter wurde. Sie entledigten sich der letzten Stoffteile, die sich ihnen noch in den Weg stellten, und als Will in Rachel eindrang, fühlte sie sich einer Explosion nahe. Er sah in ihre Augen, während er sie erst sanft, dann immer heftiger, leidenschaftlicher und wilder stieß, bis ihre Leidenschaft schließlich in einem gigantischen Orgasmus gipfelte.

24. Dezember

14

Als Rachel aufwachte, war Will bereits aus ihrem Zimmer verschwunden. Bestimmt wollte er die Ladys nicht vor den Kopf stoßen, wenn er plötzlich das Zimmer mit Rachel teilte. Ein wohlig warmes Gefühl breitete sich in ihr aus, als sie die vergangene Nacht Revue passieren ließ. Sie hatte mit Will geschlafen, und im Anschluss an diese Momente der Leidenschaft hatten sie bis in die frühen Morgenstunden über Gott und die Welt gesprochen.

Will arbeitete als Rechtsanwalt in Connecticut, liebte alte Filme und spielte in seiner Freizeit Tennis. Als Rachel ihn fragte, ob er jemals verheiratet war, spürte sie, wie sein Körper sich verkrampfte, anspannte und er im selben Augenblick das Thema wechselte. Dass er in etwa dasselbe erlebt haben musste wie sie mit Cal, wurde immer wahrscheinlicher. Sie erinnerte sich an die vielen Küsse, mit denen Will sie bedeckt hatte, wie er sie sanft in seine starken Arme gezogen hatte und es sich anfühlte, als würde er sie nie mehr loslassen wollen. Und daran, wie schön es sich angefühlt hatte, neben ihm langsam wegzudämmern und schließlich einzuschlafen.

Bestens gelaunt kam sie kurz darauf in die Küche. Ihre Familie würde heute anreisen, die Feiertage standen bevor und aus der Sache mit ihr und Will konnte mit

Sicherheit etwas Besonderes werden. Sie war sich sicher, dass ihre Eltern Will lieben würden – und umgekehrt ebenso, doch war sie sich bewusst, nicht gleich die große Beziehung herumzuposaunen. Immerhin waren die beiden noch ganz am Anfang. Sie würden es langsam angehen lassen und sehen, was die Zeit mit sich brachte. Zum ersten Mal seit dem Abend, als sie Cal und Vlasta erwischt hatte, fühlte sie sich leicht. Leicht, frei und glücklich, so wie sie es all die Weihnachtsfeste zuvor immer getan hatte und so, wie sie es nicht mehr geschafft hatte, seit Cal sie betrogen hatte.

„Guten Morgen, Liebes, na, bist du schon aufgeregt – heute kommt deine Familie an“, fragte Louise, die einen ganzen Stapel Pancakes zum Küchentisch trug. „Ich freue mich schon sehr, sie alle zu sehen“, sagte Rachel und bemerkte, dass Will noch gar nicht am Tisch saß. „Es war eine blöde Idee, zu glauben, ich könnte es irgendwie schaffen, Weihnachten ohne meine Familie zu feiern.“

Bestimmt hatte auch Will an diesem Morgen etwas länger geschlafen, immerhin hatten sie beide sich nachts ziemlich verausgabt. Sie setzte sich an den Tisch und stapelte zwei Pancakes auf ihrem Teller.

Nach und nach strömten die restlichen Ladys ein und nahmen ebenfalls Platz, als Rachel bemerkte, dass an diesem Morgen nur für fünf, nicht aber für sechs Personen gedeckt war. Ein flaues Gefühl breitete sich in ihrem Magen aus. Sie legte ihre Gabel auf dem

Teller ab und sah in die Runde.
„Wo … wo ist Will?“, fragte sie, versuchte, beiläufig zu klingen, schaffte es jedoch nicht.
Mitleidig sahen die vier Frauen sie an.
„Oh Kindchen, es tut mir so leid. Will ist heute in aller Herrgottsfrühe abgereist“, sagte Martha. „Ich war selber völlig überrascht, als er im Büro aufgetaucht ist und meinte, er würde abreisen. Er hat bis zum dritten Januar bezahlt.“
Rachel war der Schock ins Gesicht geschrieben. Will war tatsächlich abgereist. Ohne ein Wort zu sagen und nach allem, was zwischen ihnen beiden gewesen war. Er hatte sich einfach so aus dem Staub gemacht, ihr noch nicht einmal seine E-Mail-Adresse oder seine Telefonnummer hinterlassen. War es ihre Schuld, dass er gegangen war? Hatte sie irgendetwas getan? Hätte sie sich nicht auf ihn einlassen sollen? In der Gefühlsflut, die über sie hereinströmte, versuchte der Gedanke sie zu beruhigen, dass sie alle Anwälte Connecticuts, die Will Ryland hießen, abklappern und ihn so wiederfinden konnte. Ihn fragen konnte, warum er einfach so aus ihrem Leben verschwunden war, wo sie doch einen so guten Start gehabt hatten. Im nächsten Moment schalt sie sich, bloß nicht so dumm zu sein. Niemals würde sie diesen elenden Mistkerl wiedersehen wollen. Es war doch immer dasselbe. Diese verdammten Schweinehunde holten einem die Sterne vom Himmel und gaben einem das Gefühl, dass man die Einzige wäre, und dann kam irgendein mieser Paukenschlag, der alles wieder zunichtemachte. Wahrscheinlich hatte Will sie nur ins Bett bekommen wollen und war anschließend zu feige

gewesen, ihr reinen Wein einzuschenken. Er war ein so mieser Feigling, dass er es sogar vorzog, seinen Urlaub sofort abzubrechen, als mit ihr Klartext zu reden und ihr ins Gesicht zu sagen, dass sie nur eine Herausforderung gewesen war, dass er nur wissen wollte, wie lange er brauchen würde, bis sie weich wurde. Sie stellte fest, dass eine Woge der Enttäuschung über sie hereingebrochen war, die gar nicht so sehr darauf beruhte, dass Will einfach so gegangen war, sondern viel eher darauf, dass sie ihm vertraut hatte.

Rachel versuchte, sich wieder zu beruhigen, sagte sich, dass ein Feigling wie Will sie ohnehin niemals hätte glücklich machen können, und stocherte lustlos in ihren Pancakes herum.
„Ach, da fällt mir ein, ich soll dir diesen Brief von ihm geben“, sagte Martha, langte in die Tasche ihres Hausmantels und zog ein längliches, verschlossenes Kuvert hervor, auf dem Rachels Name stand.
„Danke“, sagte Rachel, legte den Brief achtlos neben sich ab und machte sich über ihre Pancakes her.

Nach dem Frühstück war Rachel zurück auf ihr Zimmer gegangen. Ein Gefühlschaos, wie sie es bislang nicht gekannt hatte, war über sie hereingebrochen. Sie war am Boden zerstört, ihr war zum Heulen, sie vermisste Will und gleichzeitig war sie stinksauer auf ihn. Viele Kerle, das war ihr natürlich bewusst, waren auf dem Trip, Frauen reihenweise rumzukriegen, nur um sie im

Anschluss daran wie eine heiße Kartoffel fallen zu lassen. Aber Will Ryland war der mieseste Arsch von allen. Sie versuchte, sich einzureden, dass auch sie in ihm nur eine nette Abwechslung gesehen hatte und dass sie niemals davon ausgegangen war, dass sich mehr zwischen ihnen beiden entwickelte, doch sie wusste, dass das nicht stimmte. Insgeheim war sie davon ausgegangen, dass sie hier in Fairview ihr Glück gefunden hatte. Und dass dieses Glück auch noch anhalten würde, wenn sie aus den Ferien zurück in ihren Alltag kam.

Sie saß auf ihrem Bett, versuchte, ihre Gefühle zu ordnen beziehungsweise sich derer überhaupt klar zu werden, und kam nicht von der Stelle. In einer knappen Stunde würde ihre Familie im *Four Reasons* ankommen, und sie musste zumindest so tun, als wäre alles in bester Ordnung. Als wäre ihr das Herz nicht schon wieder genau an Weihnachten gebrochen worden. Schön langsam schien sich dieser Umstand als Weihnachtstradition einzubürgern. Eine einzelne Träne lief einsam ihre linke Wange hinunter. Der Weihnachtsmann musste sie schon ganz besonders auf seinem Kieker haben, wenn er ihr an zwei aufeinanderfolgenden Weihnachtsfesten so derart eines mit der Liebesschaufel überbriet wie jetzt wieder. Und dabei hatte sie tatsächlich gedacht, Will sei anders als die Kerle, die man üblicherweise irgendwo kennenlernte und die nur darauf abzielten, einen ins Bett zu bekommen. Für Will hätte sie die Hand ins Feuer gelegt, dass er nicht so war, immerhin hatte er sich die ganze Zeit über wie ein perfekter Gentleman verhalten und auch in ihrer gemeinsamen Nacht nichts gemacht, was sie nicht gewollt hatte. Er war zärtlich, aufmerksam und liebevoll gewesen, alles Attribute, die sie einem Typen, der nur auf das Eine aus gewesen wäre, niemals in diesem Ausmaß zugedacht hätte. Er war auf sie eingegangen, hatte sie spüren lassen, dass sie ihm wichtig war, und niemals hätte sie sich träumen lassen, dass all diese Gefühle nur gespielt waren.

Ihr Blick fiel auf den Briefumschlag, der am Fußende des Bettes gelandet war und den sie achtlos weggeworfen hatte, als sie ihr Zimmer betreten hatte. Sie hatte für sich beschlossen, diesen Brief nicht zu lesen, ihn wegzuwerfen und mit ihm all die Erinnerungen an Will ebenfalls dem Müll zu übergeben. Doch jetzt zog der Umschlag sie fast magisch an. In geschwungenen, schwarzen Lettern stand ihr Name darauf. Wut war in ihr aufgekeimt. Sie zog sich den Brief heran, riss ihn auf und zog zwei zusammengefaltete Blätter heraus.

Liebe Rachel,

zuallererst möchte ich mich bei dir dafür entschuldigen, dass ich ohne ein Wort einfach so verschwunden bin. Ich kann mir gut vorstellen, dass du sehr enttäuscht von mir bist, mir würde es bestimmt nicht anders gehen. Rachel, ich möchte, dass du weißt, dass es nichts mit dir zu tun hat, warum ich abgereist bin. Du bist der großartigste Mensch, den ich seit langem kennengelernt und den ich in mein Leben gelassen habe, und unter anderen Umständen hätte ich dich nie mehr losgelassen. Aber für eine Beziehung – und ich bin mir sicher, dass sich zwischen uns eine entwickelt hätte – bin ich nicht bereit. Nie mehr. Und ich bin mir sicher, dass du das verstehen wirst. Es tut mir leid, dich verletzt zu haben, Rachel, das war das Letzte, was ich wollte. Ich hätte meine Gefühle besser im Griff haben müssen, stattdessen habe ich egoistisch reagiert und dich damit verletzt. Ich hoffe, du kannst mir eines Tages verzeihen. Ich wünsche dir alles Gute. Danke, dass ich dich kennenlernen durfte.

Will

„Was für ein Gewäsch", murmelte sie in die Stille des Raumes hinein.

Draußen hatte es wieder zu schneien begonnen und sie warf den Brief beiseite. Natürlich hatte er sich der gängigen Floskeln bedient, es liege nicht an ihr, er sei Schuld, Egoismus blablabla. Als würde man als Kerl in der Schule beiseitegenommen werden und einem würde erklärt, wie man solche lahmen Briefe verfasste. Ob es überhaupt eine Frau auf der Welt gab, die auf solchen Schwachsinn hereinfiel? Hinter dem Brief, den Will geschrieben hatte, kam ein zweites Blatt zum Vorschein. In all ihrem Ärger hatte sie ganz vergessen, sich auch noch dieses Blatt anzusehen. Sie zog es unter dem Brief hervor und bemerkte, dass es sich dabei um einen Zeitungsartikel handelte. Sie faltete den Artikel auseinander.

„Frau und Kind bei Autounfall getötet – Fahrerflucht“ schrie die Schlagzeile. Daneben fand sich ein Foto einer attraktiven dunkelhaarigen Frau und einem brünetten Mädchen mit Zöpfen.

Hartford, Connecticut. Am 12. Januar kam es in den frühen Abendstunden auf der Davisroad zu einem folgenschweren Unfall mit Fahrerflucht. Die 32-jährige Casey Ryland und ihre Tochter Bella, 8, wurden in der Dämmerung von einem Wagen erfasst und verletzt liegen gelassen. Der Anwohner Bill Turner, 54, bemerkte bei der Heimfahrt aus dem Büro die beiden Verletzten und alarmierte sofort die Einsatzkräfte. Casey Ryland verstarb noch an der Unfallstelle, die 8-jährige Bella erlag ihren schweren Kopf- und inneren Verletzungen am nächsten Tag im Hartford Memorial. Unsere Gedanken sind beim Ehemann und Vater der Verstorbenen, dem 34-jährigen Rechtsanwalt William Ryland. Vom Täter fehlt nach wie vor jede Spur. Bei Hinweisen den Unfall betreffend wenden Sie sich an blablabla …

Sie legte den Artikel beiseite. Ihre Umnachtung hatte noch weiter zugenommen. Jetzt wurde ihr vieles klar. Warum Will sich so komisch verhalten hatte, warum er sich abgeschottet hatte, und letztendlich auch, warum er so überstürzt und ohne ein Wort zu sagen abgereist war. Jetzt machte alles Sinn. Gleichzeitig fühlte sie einen dumpfen Schmerz in sich. Sie hatte Will in der kurzen Zeit, in der sie ihn gekannt hatte, wirklich gern gehabt und ja, sie hatte sich mit ihm ihr ganz spezielles

Weihnachtswunder ausgemalt und ja, sie war davon ausgegangen, dass sie auch nach den Feiertagen Kontakt halten und sich weiterhin sehen würden. Doch unter Umständen wie diesen – nämlich, dass Will seine Familie bei einem Verkehrsunfall verloren hatte – konnte sie sich ihr Happy End aufmalen. Ihr Blick fiel auf die Kommode gegenüber dem Bett, wo sie noch vor dem Frühstück die Weihnachtsmannfigur verpackt hatte. Sie hatte sich darauf gefreut, ihn beim Auspacken beobachten zu können, seinen Gesichtsausdruck, wenn er die Figur betrachtete, und selbst wenn für sie beide keine gemeinsame Zukunft vorgesehen war, so würde sie ihm durch diese Figur für immer in Erinnerung bleiben. Dass sie nun nicht einmal die Gelegenheit dazu hatte, Will die Figur zu überreichen, schmerzte sie fast ebenso sehr, wie dass er generell verschwunden war.

Von draußen vernahm sie Stimmengewirr. Autotüren wurden zugeworfen und Geräusche drangen herauf. Sie blickte zum Fenster hinab und sah ihre Mutter, ihren Vater, ihre Großeltern und ihre Cousinen samt Tanten und Onkel in wildem Durcheinander vor dem Hotel herumwuseln. Koffer und Reisetaschen wurden aus den schier endlosen Weiten des Taxikofferraums herausgeholt und weitergereicht. Rachel musste schmunzeln, obwohl ihr gar nicht zum Schmunzeln war. Sie versuchte, ein fröhliches Gesicht aufzusetzen, und ging dann nach unten, um ihre Familie zu begrüßen.

15

Er war schon eine ganze Weile gefahren und langsam legte sich das unbändige Gefühl, weg aus dem *Four Reasons* zu müssen und einen schweren Fehler begangen zu haben.

Will Ryland hatte sich die ganze Zeit über, seit das Unglück mit Casey und Bella über ihn hereingebrochen war, unter Kontrolle gehabt. Niemals hatte er auch nur ein Auge auf eine Frau geworfen, obwohl die Kolleginnen, die Assistentinnen und Sekretärinnen und sogar einige Mandantinnen der Kanzlei, für die er tätig war, eindeutige Angebote gemacht hatten. Er war zu keinen Dates gegangen und hatte mit Frauen nur so viel Kontakt wie nötig gehabt. Er hatte seine große Liebe verloren und war für die Frauenwelt nicht verfügbar. Er hatte Casey geschworen, sie auf ewig zu lieben und ihr treu zu bleiben, diesen Umstand würde er nicht ändern, weil sie jetzt nicht mehr bei ihm war. Er würde sie – und nur sie – so lange lieben, bis er selbst die Augen für immer schloss. Den Fehltritt mit Rachel konnte er sich nur so erklären, dass es eben passiert war, weil sie sich in einer Ausnahmesituation befunden hatten. Und weil Rachel nicht offensichtlich versucht hatte, bei ihm zu landen. Das zwischen ihnen beiden hatte sich eben einfach entwickelt, Gott sei Dank hatte er dem Ganzen rechtzeitig einen Riegel vorgeschoben. Es wäre auch ihr gegenüber nicht fair gewesen, Gefühle vorzugaukeln, die gar nicht existent waren – na ja, von dem Betrug an Casey mal ganz abgesehen.

Als er und Rachel zusammen waren, war ihm bewusst geworden, dass er sich auf sehr dünnem Eis befand, was sein Vorhaben, Casey treu zu bleiben, anging. Rachel war eine besondere Frau und unter anderen Umständen – und wenn er Casey niemals getroffen hätte – wäre sie vermutlich die Richtige für ihn gewesen. Und genau aus diesem Grund war es auch nicht weiter schlimm, dass er gegangen war. Rachel war eine wunderbare Frau, ihr würde der Richtige schon noch begegnen, und vermutlich würde sie sich die ganze Sache mit ihm gar nicht so zu Herzen nehmen, wie er glaubte. Soooo toll war er nun auch wieder nicht. Bestimmt hatte sie ihn in einigen Tagen vergessen, und irgendwann war er nur noch eine nette Anekdote, die sie vielleicht ihren besten Freundinnen erzählte. Er schüttelte kurz den Kopf. Jetzt dachte er schon wieder an sie. Seit er losgefahren war, spukte sie in seinem Kopf herum, und je mehr er sich selber die Gedanken an Rachel verbat, desto intensiver setzte sie sich darin fest.

Vor ihm tauchten die Lichter eines kleinen Rastplatzes auf, und nachdem er bereits mehrere Stunden durchgefahren war, beschloss er, hier erst einmal zu frühstücken. Er würde sich eine große Kanne Kaffee genehmigen, Rührei mit Speck verspeisen und dann die Heimreise antreten. Seinen Berechnungen zufolge konnte es nicht mehr weit bis nach Chicago sein, auch wenn die Einöde, in der er sich bisher befand, ihn täuschte. Beim Hinfahren hatte es ihn ziemlich überrascht, wie kurz nach Chicago das Nirgendwo begonnen hatte, und sobald er die Staatsgrenze von

Iowa passiert hatte, war er ohnehin im Niemandsland gewesen. Er nahm sich vor, in Chicago zu Abend zu essen und dann noch weiter bis nach Cleveland zu fahren, wo er sich ein Zimmer nehmen würde. Er würde seine Reise in den frühen Morgenstunden des 25. Dezember fortsetzen und sollte nach einer weiteren Tagesfahrt Connecticut erreichen, wo sein Leben wieder in den Alltag übergehen konnte.

Er parkte seinen Wagen vor dem Diner und bemerkte, dass es völlig leer war. Eine gelangweilt aussehende Kellnerin lehnte am Tresen und sah so aus, als würde sie gleich einschlafen. Er stieg aus und die eisige Kälte umschlang ihn. Im Diner roch es nach frischem Kaffee und frischem Gebäck. Aus den Lautsprechern, die jeweils in den oberen Ecken des rechteckigen Raumes angebracht waren, tönte „Drivin' home for Christmas" und in der hinteren Ecke neben den Waschräumen gab es einen künstlichen Weihnachtsbaum, der über und über mit kitschigem Schmuck behängt war. Der Boden war mit schwarz-weißen Fliesen ausgelegt und die Glaswände ließen helles Tageslicht ins Innere des Diners. Will zog seine Jacke aus und legte sie auf den Hocker neben sich, ehe er sich an den Tresen setzte.

„Was kann ich Ihnen bringen?", fragte die Kellnerin. Ihr Name war Selma und sie schien schon ein paar Jährchen auf dem Buckel zu haben.
„Kaffee bitte", sagte Will, „und die Speisekarte."
Selma übergab ihm eine in Folie eingeschweißte, dreimal gefaltete Karte, auf der sich das spärliche – und für Diner wie dieses typische – Angebot

präsentierte. Truckerfrühstück (eine Kanne Kaffee, Rührei mit Speck und Schinken, ein Brötchen), Burger, Fritten, Hot Dogs, Spaghetti Bolognese, hausgemachte Sandwiches, Apfelkuchen, Schokokuchen. Kaffee, Coke, Orangenlimonade, Red Bull, Mineralwasser, Bud Light und Weißwein. Will bestellte das Truckerfrühstück und wies Selma an, ihm drei Sandwiches, zwei Dosen Red Bull und eine Flasche Orangenlimonade für seine Weiterfahrt einzupacken. Lange wollte er sich hier nicht aufhalten. Er starrte geradeaus auf den Tresen, während „Drivin' Home for Christmas" von Mariah Careys „All I want for Christmas" abgelöst wurde.
Selma stellte fast zeitgleich einen großen Teller Rührei, garniert mit Speckstreifen, eine Kanne Kaffee und eine braune Tüte mit seinem Proviant für die Weiterfahrt vor ihm ab.
„Was schulde ich Ihnen?"
Will zog sein Portemonnaie heraus.
„Geht aufs Haus, Mister", sagte Selma.
Ihre Stimme klang kratzig und rau, Will sah sie fragend an.
„Heute sieht's mit Gästen mau aus", sprach sie weiter, „und es wäre schade, wenn ich all die frischen Sandwiches im Müll entsorgen müsste."
Sie sah ihn aus müden, aber gutmütigen Augen an.
„Vielen Dank", sagte Will, ehe er sich über sein Frühstück hermachte.
„Was treibt Sie heute raus?", fragte Selma, die ihm beim Essen zusah. „Familie?"
„Genau", sagte er einsilbig.
Er hatte keine große Lust, sich jetzt zu unterhalten, erst recht nicht, wenn er daran dachte, wie viele Meilen

noch vor ihm lagen, bis er sein heutiges Tagesziel erreicht hatte.

Gerade, als er den letzten Rest Rührei mit dem letzten Stückchen seines Brötchens aufgewischt und es in seinem Mund verschwinden lassen hatte, ging die Tür des Diners auf, und er wäre beinahe vom Stuhl gekippt. Im Türrahmen stand der Weihnachtsmann. Der Kerl, der ihm davon abgeraten hatte, die Whiskeydestillerie in Eagle Creek zu besuchen, und der ihm vorgeschlagen hatte, die Feiertage in Fairview zu verbringen. Der Weihnachtsmann schien etwas außer Atem zu sein, und Will war sich nicht ganz sicher, ob es wirklich derselbe Mann war, der ihm auf seiner Hinreise begegnet war, doch … er musste es sein.

„Großer Gott, bin ich froh, endlich hier zu sein", sagte er in seiner polternden, voluminösen Stimme, die Will noch von ihrer ersten Begegnung in den Ohren klang. Er wirkte etwas außer Atem.
„Mein Junge, schön dich wiederzusehen", sagte er, als er Will am Tresen entdeckte, der keinen Ton herausbrachte. Es war also doch derselbe Mann. Überrascht sah Will ihn an.
„Kann ich Ihnen was bringen?", fragte Selma.
„Eigentlich …" Der Weihnachtsmann setzte sich schwerfällig auf den Hocker neben Will. „… wollte ich zu dir."
„Zu … mir?"
Will sah ihn entgeistert an.
„Mein Wagen ist ein Stück die Straße runter liegen

geblieben, ich war gerade auf dem Weg zu einer Grundschulweihnachtsfeier, als die alte Schrottkiste ihren Geist aufgegeben hat. Ob du mich wohl ein Stückchen mitnehmen könntest?“
„Aber … ich – wohin wollen Sie denn?“
„Wohin willst du denn?“
Der Weihnachtsmann sah ihn lächelnd an.
Will fragte sich, ob der Mann psychische Probleme hatte. Er hatte doch vor zwei Minuten von einer Grundschule gesprochen, zu der er unterwegs war.
„Ich … erstmal nach Chicago, von dort aus möchte ich es heute noch bis Cleveland schaffen.“
„Das trifft sich sehr gut“, rief der Weihnachtsmann wieder und lachte. „Das ist genau meine Richtung.“
„Sagten Sie nicht, Sie wollten zu einer Grundschulweihnachtsfeier?“
Will sah ihn fragend an.
„Ich will dorthin, wo du hinwillst“, lachte der Weihnachtsmann polternd und sah ihn aus seinen freundlichen Augen an.

16

Wenig später fuhren Will und der Weihnachtsmann die Straße entlang Richtung Chicago. Die Idee von der Grundschulweihnachtsfeier hatte Will längst begraben. Sie waren eine ganze Weile durchs Niemandsland gefahren, und er konnte sich schwer vorstellen, dass es hier irgendwo eine Schule gab. Ihm war ein klein wenig mulmig dabei, diesen Weihnachtsmann bei sich im Auto zu haben, und zog es daher vor, ihn nicht direkt darauf anzusprechen, dass er glaubte, es würde gar keine Schule geben.

Es hatte begonnen, stark zu schneien, und Will konnte nur Schritttempo fahren, der Weihnachtsmann schien aber keine Eile zu haben. Offenbar dürfte es ihm egal sein, dass er nicht rechtzeitig zu der „Weihnachtsfeier in der Grundschule" kam.

„Wo steht Ihr Wagen denn?", fragte Will.
„Ach, ein Stück die Straße runter", antwortete der Weihnachtsmann freundlich.
Will schüttelte den Kopf. Es war schon das dritte Mal, dass er den Kerl gefragt hatte, wo sein Wagen stand, und alles, was der antwortete, war immer nur „Ach, ein Stück die Straße runter". Es konnte gar nicht möglich sein, dass das Auto so weit oder gar noch weiter vom Diner entfernt stand. Auch wenn sie sich nur im Schneckentempo fortbewegten, so waren sie sicher bereits vierzig Meilen gefahren. Der Kerl konnte diese Strecke unmöglich zu Fuß zurückgegangen sein. Seine

ganze Geschichte konnte einfach nicht stimmen. Doch Will sagte nichts. Immerhin war der Typ der Weihnachtsmann. Höchstwahrscheinlich war er durch ein paar Kamine gerutscht und schließlich im Diner gelandet.

„Warum bist du heute ganz allein auf der Straße?", fragte der Weihnachtsmann, nachdem sie weitere zehn Meilen hinter sich gelassen hatten und Will bereits mit dem Gedanken spielte, einen neuen Mitbewohner nach Connecticut mitzunehmen.
„Immerhin haben wir Weihnachten, da sollte niemand allein sein."
„Ich … bin auf dem Heimweg", sagte er.
„Aber das willst du nicht sein", sagte der Weihnachtsmann.
„Was?"
Santa sah seinen Chauffeur an.
„Du hast eine falsche Entscheidung getroffen, mein Junge. Und das weißt du auch. Jetzt zermarterst du dir das Hirn darüber. Und du stehst dir selber im Weg."
Er schmunzelte und sah auf die Straße. Es hatte bereits begonnen, zu dämmern, und weiterhin fielen dicke Schneeflocken in unglaublichen Mengen vom Himmel herab.

Will wunderte sich, dass er die Lichter von Chicago noch nicht erkennen konnte. Er erinnerte sich daran, wie er bei der Hinfahrt die Lichter noch eine halbe Ewigkeit im Rückspiegel hatte sehen können. Sie waren schon eine ganze Weile lang unterwegs, doch vor ihnen lag nur Dunkel. Keine Ortschaften, keine Häuser, keine Rastplätze, gar nichts. Es wirkte fast so, als würden sie durch ein Meer aus Schwarz fahren und hätten die Welt längst hinter sich gelassen. Außerdem waren ihm bislang noch nicht einmal Straßenschilder und Wegweiser entgegengekommen. Das Diner hatten sie bereits vor einigen Stunden hinter sich gelassen, sie hätten längst in Chicago angekommen sein müssen. Will wurde etwas unbehaglich zumute. Irgendetwas stimmte hier ganz und gar nicht. Was er mit dem Weihnachtsmann machen sollte, der nach wie vor meinte, sein Wagen sei „ach, ein Stückchen die Straße runter“, wusste er ebenfalls nicht. Vermutlich hatte er einen verrückten Irren hier auf dem Beifahrersitz, der nicht Herr seiner Sinne war.

„Du bekommst eine zweite Chance“, sagte der Weihnachtsmann eine Weile später.
„Was?“
Will sah ihn fast verärgert an. Ihm war überhaupt nicht wohl mit diesem Mann im Auto, und am liebsten hätte er ihn am Straßenrand ausgesetzt.
Die Dunkelheit hüllte den Wagen ein, und Will war sich sicher, sich zu allem Überfluss auch noch verfahren zu haben. Wut und Ärger stiegen in ihm auf. Sie hätten Chicago längst passieren müssen, bestimmt war er irgendwo falsch abgebogen, weil der Weihnachtsmann andauernd auf ihn eingeredet hatte, und hatte sich jetzt mit diesem Wahnsinnigen neben sich verfahren. Er sah ihn fragend an. Jetzt hatte sein Blick tatsächlich etwas Ärgerliches.

„Du darfst nicht so hart mit dir ins Gericht gehen, mein Junge“, sagte der Weihnachtsmann unbedarft und seine Augen blickten Will herzlich an. Sie hatten etwas Beruhigendes an sich.
„Ich … hören Sie endlich auf, diesen Blödsinn zu verzapfen“, rief Will aufgebracht. „Ich weiß nicht, wer Sie sind und was Sie wollen, aber … halten Sie einfach Ihre Klappe.“
Der Weihnachtsmann sah ihn grinsend von der Seite an, blieb aber für die nächste Zeit still.

In Will manifestierte sich von Sekunde zu Sekunde mehr der Gedanke, dass sie sich heillos verfahren hatten und dass der Kerl in seinem Wagen in einer solchen Situation nicht gerade hilfreich war. Er sah auf die Tankanzeige am Armaturenbrett und stellte fest, dass er fast kein Benzin mehr hatte. Großartig. Vermutlich würde er hier in der Einöde erfrieren. In der Nacht des Heiligen Abend, mit einem irren Weihnachtsmann an seiner Seite.

„Wir sind da“, sagte der Weihnachtsmann, nachdem sie noch ein Stückchen ins Nirgendwo gefahren waren und sich die Tanknadel bereits gefährlich weit im roten Bereich befand.

Will besah sich die Gegend. Das konnte doch nicht stimmen? Der Schneefall war mittlerweile noch stärker geworden, und selbst wenn er sich mitten in Sibirien befunden hätte, er hätte es nicht sagen können. Die Nacht war über das Land hereingebrochen und hatte

ihm all seine Farbe entzogen. Außerhalb des Autos schien eine Welt zu existieren, die nur aus dem Dunkel der Nacht und den weißen Schneeflocken zu bestehen schien. Seine Muskeln schmerzten vom vielen Fahren und von der Anspannung, in die sein nerviger Beifahrer ihn versetzt hatte.
„Und wo ist Ihr Wagen nun?“, fragte Will entnervt.
„Ach, nur noch ein Stückchen die Straße runter“, sagte der Weihnachtsmann schelmisch grinsend.
Will hatte Mühe, nicht über ihn herzufallen und ihm sein dämliches „Nur noch ein Stückchen die Straße runter“ aus dem Leib zu prügeln. Der Weihnachtsmann öffnete die Tür und stieg in die Nacht hinaus. Er reckte den Kopf nach oben und schien das Schneetreiben da draußen wirklich zu genießen.
„Was für ein wundervoller Abend, findest du nicht, mein Junge?“
Wills Ansicht, er habe den halben Tag mit einem Geisteskranken auf dem Beifahrersitz verbracht, verstärkte sich mehr und mehr und er war froh, diesen schrägen Kerl bald los zu sein. Er hoffte inständig, dass das Fahrzeug des Weihnachtsmannes hier irgendwo lag und dass es nur eine Kleinigkeit war, weshalb es den Geist aufgegeben hatte. Auf alle Fälle, das hatte Will längst beschlossen, würde der Kerl nicht mehr in sein Auto einsteigen. Ihn noch eine halbe Stunde länger ertragen zu müssen, das würde er nicht schaffen. Sollte das Auto des Weihnachtsmannes tatsächlich hinüber sein, so würde Will ihm höchstpersönlich eine Jahresmitgliedschaft im Automobilklub bezahlen, nur um ihn loszuwerden. Sollte sich jemand anderes mit diesem Idioten

herumschlagen.

Er öffnete die Autotür und stieg aus. Der Weihnachtsmann war um das Fahrzeug herumgekommen und stand neben Will, sah ihn mit einem freundlichen Lächeln im Gesicht an und wirkte so, wie jedes kleine Kind auf der Welt sich den Weihnachtsmann vorstellte. Es sah beinahe so aus, als hätten seine Hose und sein Mantel ein kräftigeres Rot angenommen, als wären seine schwarzen Stiefel frisch geputzt und poliert, so glänzten sie. Die goldene Schnalle um seinen Mantel herum blinkte strahlend und die Bäckchen des Weihnachtsmannes hatten ein gesundes Rot angenommen. Das Schneetreiben hatte etwas nachgelassen, es fielen nur noch vereinzelt kleine Flocken vom Himmel und über ihnen blinkte das Sternenzelt.
„Wir sind da", sagte der Weihnachtsmann noch einmal.

Will blickte vor sich und dann traf ihn fast der Schlag. Ihm wurde kurz schwarz vor Augen, seine Knie wurden weich und etwas Übelkeit stieg in ihm auf. Er konnte nicht glauben, was er da sah. Seinen Berechnungen nach hätten sie längst vor den Toren von Chicago sein müssen, Fairview und das *Four Reasons* längst hinter sich gelassen, doch als er aufblickte, fand er sich vor den steinernen Treppen der kleinen Pension wieder. Rechts neben ihnen am Bordstein parkte der kleine Wagen von Rose und das Haus war hell erleuchtet.

„Was zum Teufel …", begann er und drehte sich zum Weihnachtsmann um, doch wo der noch vor zwei

Sekunden gestanden hatte, waren nur mehr das Dunkel der Nacht und die Schneeflocken, die unentwegt vom Himmel fielen. Der Weihnachtsmann war verschwunden.

17

Alles in allem war es ein netter Heiliger Abend und Rachel verbrachte ihn gemeinsam mit ihrer Familie und den „Golden Girls". Wie sie vermutet hatte, hatte ihre Großmutter die vier Damen sofort ins Herz geschlossen, sie und Louise hatten sogar eine gemeinsame Bekannte und sie hatte sich mit ihrem gesamten Seniorenverein, bestehend aus etwa zehn quirligen alten Damen, die von Zeit zu Zeit gemeinsame Ausflüge unternahmen, für Mai im *Four Reasons* eingebucht.

Die Skepsis, die Rachels Mutter zu Anfang dem *Four Reasons* gegenüber an den Tag gelegt hatte, war längst verflogen. Auch sie fühlte sich pudelwohl in der hübschen kleinen Pension, und Rachel hatte zuvor mitbekommen, wie ihre Mutter und ihr Vater darüber sprachen, ihren Hochzeitstag hier zu feiern. Außerdem würden die beiden das kleine Hotel in ihrem Freundes- und Bekanntenkreis weiterempfehlen, und Rachel war sich sicher, dass es für die „Golden Girls" ab jetzt aufwärts gehen würde.

Das Abendessen, der riesige Truthahn, den Louise am Vorabend zum Auftauen herausgelegt hatte und der sich jetzt schon seit einigen Stunden im Herd befand, wurde zu diesem speziellen Anlass nicht am großen Tisch in der Küche, sondern an der Tafel im Esszimmer eingenommen. Liebevoll hatte Rose den langen Tisch gedeckt, es brannten Kerzen drauf und der Raum wurde mit leiser Weihnachtsmusik beschallt. Rachel saß mit ihrer Familie und den „Golden Girls“ rund um die Tafel und fand, dass das Weihnachtsfest nicht hätte perfekter sein können. Etwas wehmütig dachte sie an Will. Der Nachmittag über war seltsam verlaufen. Für gewöhnlich hatte es sie immer ziemlich mitgenommen, wenn sie von einem Kerl eine Abfuhr bekommen hatte – von der Sache mit Cal im letzten Jahr ganz zu schweigen. Aber diesmal bei Will war es anders. Obwohl er ihr unglaublich fehlte und sie immer noch nicht realisieren konnte, dass er tatsächlich gegangen war, nachdem sie sich so nah gekommen waren, war sie unglaublich ruhig und gar nicht aufgewühlt. Am späten Vormittag war es ungefähr so, als hätte sich eine unsagbare Ruhe über sie gelegt, die ihr unterbewusst vermittelte, dass alles gut werden würde.

Martha hatte gerade den Truthahn auf der Tafel abgestellt, als es plötzlich klingelte.

„Wer kann das denn noch sein?“, fragte Louise, die gerade dabei war, einen großen Suppentopf auf dem Tisch abzustellen.
„Ich geh schon.“
Rachel sprang auf. Sie befürchtete, dass dieser gruselige Typ von der Bank wieder vor der Tür stand und Stunk verbreiten wollte – einem Kerl wie ihm sah es ähnlich, dass er selbst an Heiligabend auftauchte und Unruhe stiftete. Gelegenheit dazu würde sie ihm nicht geben, obwohl er behauptet hatte, er würde „in

den nächsten Tagen wieder vorbeischauen". Sie würde ihm ganz klar sagen, dass das Hotel ausgebucht war und die erste der offenen Raten nach den Feiertagen angewiesen werden würde. Und dass er die vier Damen endlich in Ruhe lassen sollte.

Sie eilte durch das Wohnzimmer und versuchte, eine möglichst grimmige Miene aufzusetzen, was ihr nicht gelang. Trotz der Tatsache, dass Will heute Morgen so sang- und klanglos verschwunden war (mittlerweile konnte sie seine Beweggründe dafür fast nachvollziehen), war es ein schöner Tag gewesen. Schwungvoll öffnete sie die Tür, bereit, dem Bankkerl resolut gegenüberzutreten und ihm zu zeigen, wo der Hammer hing. Im nächsten Augenblick begann ihr Herz zu rasen. Ihre Knie wurden weich, ihr Atem blieb weg und sie traute ihren Augen nicht. Nicht der merkwürdige, fiese Banktyp stand da vor der Tür, sondern … Will.

„Will", sagte Rachel überrascht.
Ihr Herz hämmerte wie verrückt und eine Flut aus tausend Gedanken brach über sie herein. Will stand, ohne ein Wort zu sagen, vor der Tür und starrte sie an.

Er hatte eine ganze Zeitlang draußen im Schnee gestanden und über die Ereignisse der vergangenen Stunden nachgedacht. Er hatte versucht, sich zu erklären, was an diesem Tag vorgefallen war, warum er den ganzen Tag herumgefahren und schließlich doch wieder hier in Fairview vor dem *Four Reasons* gelandet war, doch es gelang ihm nicht.

Will überlegte, ob es vielleicht möglich gewesen war, dass der Weihnachtsmann nur in seiner Fantasie existiert hatte. Immerhin war er in einer ziemlich aufgewühlten Stimmung von Fairview aus aufgebrochen. Rachel war in seinen Gedanken herumgegeistert, ebenso Casey und Bella. Für kurze Zeit glaubte er sogar, er wäre in seinem Wagen eingeschlafen und das alles hier wäre nur ein Traum. Doch der Weihnachtsmann, den er den ganzen Nachmittag über durch die Gegend kutschiert hatte und dessen Auto nur „ein Stückchen die Straße runter" hätte sein sollen, war real gewesen, das bemerkte er, als er auf seinem Beifahrersitz dessen rote Weihnachtsmannmütze fand. Erst hatte er eine Weile damit zugebracht, nach dem Weihnachtsmann zu suchen, der definitiv verschwunden war. Er war rund ums Haus und um sein Auto gelaufen, hatte sich umgesehen, war sogar „ein Stückchen die Straße runter" gelaufen, doch der Weihnachtsmann war verschwunden, was verrückt war. Rund um das *Four Reasons* gab es nichts, wo er sich hätte verstecken können. Direkt gegenüber war weites Feld, die Straße entlang war hell mit Laternen ausgeleuchtet und außerdem hatte er in der Sekunde, bevor er sich plötzlich in Luft aufgelöst zu haben schien, noch direkt neben Will gestanden. Obendrein hatte er nicht gerade so wie ein Athlet gewirkt, der innerhalb weniger Sekunden lossprinten konnte.

Will hatte sich auf die Motorhaube seines Wagens gesetzt und das Haus betrachtet. Er hatte über das vergangene Jahr nachgedacht, über den Verlust von Casey und Bella und über das Leben, das er seither geführt hatte. Er hatte über Rachel nachgedacht, wie sie sein Leben auf den Kopf gestellt und irgendwie wieder lebenswert gemacht hatte, und darüber, dass es vielleicht an der Zeit war, wieder nach vorne zu schauen. Er hatte darüber nachgedacht, dass Casey es nicht wollen würde, wenn er sich verschanzte und den Rest seines Lebens allein blieb, doch es fiel ihm unglaublich schwer, diesen Schritt zu tun und sich auch emotional von ihr so weit zu lösen, dass er für eine neue Beziehung bereit war.

Vielleicht hatte der Kerl … der … Weihnachtsmann … doch recht gehabt, damit, als er sagte, er solle sich auf seine Zukunft konzentrieren. Das vergangene Jahr war das schlimmste seines Lebens gewesen, und das Leben, das er seit dem Unfall geführt hatte, war nichts, was man lebenswert nennen konnte. Und die zweite Chance, die der Weihnachtsmann angesprochen hatte, vielleicht war die auf Rachel bezogen. Bestimmt war sie auf Rachel bezogen. Das alles war mehr als seltsam. Der ganze Tag war seltsam gewesen, seit der Weihnachtsmann im Diner aufgetaucht war. Er erinnerte sich, dass sie Richtung Chicago losgefahren waren, und dennoch saß er jetzt hier in Fairview vor dem *Four Reasons*, das eigentlich bereits hunderte Meilen hinter ihm liegen sollte. Jetzt bot sich ihm eine zweite Chance. Jetzt bot sich ihm die Möglichkeit, die Gelegenheit beim Schopf zu packen und Rachel nicht mehr gehen zu lassen – wenn sie ihn noch wollte. Der Schneefall war wieder ein bisschen stärker geworden, und Will beschloss, sein Glück zu versuchen und noch einmal von vorne anzufangen.

Er sah sich noch einmal nach dem Weihnachtsmann um, von dem aber nach wie vor jede Spur fehlte. Vielleicht war dieser Weihnachtsmann eine Art Weihnachtswunder, das ihm hatte passieren müssen, damit er sein Leben wieder auf die Reihe bekam. Vielleicht war er fleischgewordenes Schicksal, weil er und Rachel noch nicht miteinander fertig waren, vielleicht ... ja, vielleicht war er eben einfach nur der Weihnachtsmann.

Ein Jahr später …

…Weihnachten

EPILOG

Und wieder einmal hatte Weihnachten die ganze Welt fest im Griff. Wieder fiel pudriger Schnee seit Tagen in großen Flocken vom Himmel und vergrub das ganze Land unter einer flauschig-kalten Schneedecke. Wieder trällerten Weihnachtssongs aus den Radios und wieder schien die Welt wie mit Weichzeichner gemalt.

Aus dem Haus in der Parkerstreet in Connecticut vernahm man seit den frühen Morgenstunden fröhliche Weihnachtslieder. Das Haus war festlich geschmückt und im Vorgarten gab es sogar einen Weihnachtsmann mit Rentierschlitten. Dass der Schnee seit Tagen unaufhörlich herabfiel, verlieh dem Haus den letzten Schliff in Sachen Weihnachtsstimmung. Die Nachbarn waren froh, dass die Fröhlichkeit endlich wieder hierher zurückgekehrt war. Will Ryland war ein so netter Mann gewesen, der es nicht verdient hatte, seine Frau und seine Tochter auf so tragische Weise zu verlieren. Die neue Frau an seiner Seite tat ihm gut und passte perfekt zu ihm.

Will schmunzelte, als er Rachel dabei beobachtete, wie sie versuchte, ungefähr eine Milliarde Pakete in seinen Pick-up zu laden.

„Liebling, wie viele Personen möchtest du gleich wieder beschenken?“, fragte er, bevor er mit anpackte und sie gemeinsam in alter Tetris-Manier Pakete

stapelten.
„Die sehen viel mehr aus, als sie tatsächlich sind“, sagte Rachel und strich sich eine Strähne aus ihrem Haar.
Liebevoll sah er sie an.
„Du hast an jeden Einzelnen gedacht, stimmt's?“
Will schlang seine Arme um sie und küsste sie. Seit sie – vor mittlerweile vier Monaten – bei ihm eingezogen war, fühlte er sich ständig wie auf Wolken.
„Ach, nur die ‚Golden Girls‘. Und meine Familie. Und deine. Unsere Tanten und Cousinen, und ein paar Kleinigkeiten für die Leute aus Glenn Hook, die uns damals so tatkräftig unterstützt haben, als wir die Werbekampagne für das *Four Reasons* in Gang bringen wollten.“
„Und die Reservierung für uns alle ist tatsächlich glatt gegangen?“
Will sah ihr in die Augen und nahm ihre Schönheit in sich auf. Ihr engelsgleiches Gesicht gepaart mit ihrem herzlichen Wesen waren es, die Rachel perfekt machten.
„Ja, ich habe gestern früh mit Rose telefoniert, unsere Familien haben das Hotel ganz für sich und wir werden in demselben familiären Kreise mit den vier Ladys feiern wie im letzten Jahr. Eine Weihnachtstradition ist geboren!“
Sie lachte, schlang ihre Arme um seinen Nacken und küsste ihn.
„Los, komm mit rein, ich hab dir deinen heißgeliebten Kakao mit Schlagsahne gemacht, bevor wir uns auf die Reise begeben“, sagte Will, bevor er sie noch einmal an sich zog und ihre Lippen mit einem Kuss

verschloss, während sie von Schneeflocken eingehüllt wurden.

Das Innere des Hauses strahlte Wärme und Geborgenheit aus, Attribute, die für lange Zeit hier gefehlt hatten. Rachel hatte auch hier drin ganze Arbeit geleistet und die Räume in ein Weihnachtswunderland verwandelt. Im Wohnzimmer wartete bereits ein warmes Kaminfeuer, der Kakao und ein Teller mit leckeren Weihnachtskeksen. Will setzte sich auf den Boden vor den Kamin, zog Rachel in seine Arme und fühlte das pure Glück in sich pulsieren. Wenn er an den Verlobungsring dachte, den er am Vortag bei Tiffanys geholt hatte und den er ihr an Heiligabend beim Festessen anstecken wollte, überrollte ihn diese Glückswelle fast und ihm wurde nahezu schwindelig.

Kurz dachte er an den Weihnachtsmann zurück, der eine so tragende Rolle in ihrer Beziehung gespielt hatte und von dem sie nichts mehr gehört hatten. Er war weder am *Four Reasons* aufgetaucht, nachdem Will und er dort wieder angekommen waren, noch hatten sie ihn auf der Heimfahrt entdeckt, und das, obwohl Will extra an dem Diner *und* der Bar Halt gemacht hatte, wo er ihm die beiden ersten Male über den Weg gelaufen war. Als sie wieder zurück in New York waren, hatte Rachel sich am JFK nach dem kleinen Reisebüro-Counter erkundigt, wo sie ihr Ticket gekauft und das Hotel gebucht hatte, doch niemandem war dieser Counter mit einem Angestellten, der aussah wie der Weihnachtsmann, bekannt. Eine ziemlich unhöfliche Dame hatte Rachel erklärt, dass nicht einfach irgendjemand, der obendrein noch maskiert war, auf dem Flughafen einen Reisebürocounter betreiben konnte, und sie gefragt, ob sie möglicherweise an den Feiertagen zu viel Eggnog erwischt hatte, woraufhin sie und Will in lautes Gelächter ausgebrochen waren, was die Angestellte des Flughafens nur noch den Kopf schütteln ließ. Es war ihnen nicht mehr gelungen, den Weihnachtsmann irgendwo ausfindig zu machen, wo sie es auch versuchten, er blieb weg.

Es war, als wäre der Weihnachtsmann in der Nacht des Heiligen Abends verschwunden. Aber ... tat er das nicht immer?

Wills Blick fiel auf die kleine Weihnachtsmannfigur, die Rachel ihm im letzten Jahr an ihrem ersten gemeinsamen Weihnachten geschenkt hatte. Sie hatte die Figur am Kaminsims direkt in der Mitte platziert, und Will blinzelte überrascht, als er sie ansah. Ihm war, als hätte der Weihnachtsmann da oben ihm gerade eben zugezwinkert.

Traun, Upper Austria, 23.10.2014

Mehr gefällig? Besuchen Sie die Homepage von Daniela Felbermayr, informieren Sie sich über Neuigkeiten und Veröffentlichungstermine und schmökern Sie in Leseproben zu neuen Büchern und nehmen Sie an Gewinnspielen teil.

www.pink-powderpuff-books.com

Werden Sie ein Fan auf Facebook:

www.facebook.com/pink-powderpuff-books

Folgen Sie ihr auf Twitter:

https://twitter.com/PinkPowderpuffB

Rick Perry war erst der Anfang...

Happy End für Luke und Sidney! Oder doch nicht? Aus dem ehemals umtriebigen Playboy ist ein liebender Ehemann geworden, der mit seiner Sidney glücklicher nicht sein könnte und das ruhige Vorstadtleben mit Barbecues im Garten, Kinobesuchen und gemütlichen Fernsehabenden in vollen Zügen genießt. Doch es gibt jemanden, der das Liebesglück der beiden torpedieren wird. Mit allen Mitteln. Mit. Allen.

Im zweiten Teil der "Ways of Life"-Reihe erhöht Daniela Felbermayr das Spannungslevel um ein Vielfaches und nimmt ihre Leser ab der erste Seite gefangen. War man in Teil eins noch von Ricks Machenschaften schockiert, so wirkt dieser wie ein armseliger Waisenknabe, gegen die Person, die sich dieses Mal in Lukes und Sidneys Leben drängt.

Wenn er etwas will, so bekommt er es auch. Das ist die Lebenseinstellung des attraktiven Womanizers Luke Williams, der nicht nur verdammt gut aussieht, sondern auch – als plastischer Chirurg – der Traum so mancher Frau ist und üblicherweise keine Probleme hat, seine Angebeteten reihenweise ins Bett zu bekommen. Doch an Sidney Ashcroft, der smarten Anwältin, die Luke angeheuert hat, um einer verrückten Stalkerin Herr zu werden, beißt er sich zunächst die Zähne aus, obwohl Sidney so ganz anders ist, als die Frauen, mit denen Luke sich für gewöhnlich verabredet.

Als aus den beiden schließlich doch ein Paar wird, löst dies ungeahnte Reaktionen aus, denn es gibt jemanden, der bis zum Äußersten gehen würde, um diese Verbindung zu verhindern.

Chick-Thrill vom Feinsten. Mit "Ways of Life - An Deiner Seite" beschreitet Daniela Felbermayr erstmals Thriller-Gefilde. Der Spagat zwischen romantischer Liebesgeschichte und fesselndem Thriller gelingt ihr dabei perfekt. "Ways of Life - An Deiner Seite", das ist Gänsehaut pur - vom ersten bis zum letzten Wort.

Dear Robin – auf Irrwegen ins Herz

Beziehung? Nein Danke! Das ist das Mantra von Robin Gellar, promovierte Psychologin und Briefkastentante beim She-Magazine in Manhattan. Ihren Leserinnen zu raten, unglückselige Beziehungen zu beenden, damit hat Robin überhaupt keine Probleme, bis eines Tages der attraktive Cop Ryan in der Redaktion auftaucht und ihr die Hölle heiß macht, immerhin hat sie auch seiner Verlobten Linda zur Trennung geraten. Ryan möchte Linda unbedingt zurückgewinnen und überredet Robin, ihm dabei behilflich zu sein, ohne dass sie ahnt, auf welch turbulente Angelegenheit sie sich dabei einlässt.

Aus Ryan und Robin werden schnell Freunde und plötzlich beginnt Robin, über ihre ablehnende Haltung Beziehungen gegenüber ernsthaft nachzudenken. Doch der verliebte Ryan hat nur Augen für seine Linda…oder?

Die Schriftstellerin Summer Kennedy glaubt die Chance ihres Lebens an Land gezogen zu haben, als sie einwilligt, eine Biografie über den Extremsportler Colin Riley zu verfassen. Dass Colin der Ruf eines machohaften Womanizers vorauseilt, stört die toughe Summer dabei ebensowenig, wie all die Spitzen, die er ihr gegenüber fallen lässt, als er erfährt, dass sie eigentlich Liebesromane, aber keine Biografien schreibt. Trotz aller Widrigkeiten stellen Summer und Colin bald fest, dass sie – obwohl sie aus völlig verschiedenen Welten kommen – mehr gemeinsam haben, als zu Anfang gedacht. Doch da sind dann auch noch Summers Freund Dale, Colins dauerhaft wechselnde Partnerschaften und eine Nachricht, die die Beiden völlig aus der Bahn wirft.

Love Extreme ist als eBook und als Taschenbuch erhältlich!

Samantha Hamilton ist auf dem Weg, eine Märchenhochzeit zu feiern. Auf einem großen Weingut in Virginia, mit einem liebenden, wunderbaren Ehemann aus gutem Hause und der Aussicht auf das große Glück. Dumm nur, dass es nicht Sams Hochzeit ist, zu der sie reist, sondern die ihrer besten Freundin Holly.

Als das Brautpaar in Spe wenige Tage vor der Hochzeit kalte Füße bekommt, spurlos verschwindet und einige Tage Bedenkzeit erbittet, muss, um einen Skandal in der Gesellschaft zu verhindern, ein Alibibrautpaar her, sodass Sam, zuvor noch notorischer Single, plötzlich einen dicken Verlobungsring am Finger und einen absoluten Traummann an ihrer Seite findet. Es dauert nicht lange, bis zwischen Sam und dem attraktiven Womanzier Jack die Funken nur so sprühen und feststeht, dass ihre Zuneigung füreinander nicht nur Schauspielerei ist. Doch dann holt Jack seine Vergangenheit ein und droht, das frischgebackene Glück zu zerstören

„Bride on Time – die geborgte Braut" ist exklusiv auf Amazon als eBook und als Taschenbuch erhältlich!

Die New Yorker Anwältin Victoria Williams arbeitet am Fall ihres Lebens, der ihr einen ordentlichen Sprung auf der Karriereleiter verschaffen und sie zur Partnerin ihrer Anwaltskanzlei machen soll. Als ob sie dadurch nicht schon gestresst genug wäre, zieht in das Appartement nebenan der attraktive Arzt Dr. Mark Turner ein, der ihr Herz zwar höher schlagen lässt, doch ihr auch den letzten Nerv raubt. Er feiert wilde Parties, leichte Mädchen gehen bei ihm ein und aus und er provoziert sie obendrein bei jeder Gelegenheit.

Als Vicky dann auch noch ausgerechnet mit ihm bei ihrem aktuellen Fall zusammenarbeiten soll und die beiden von der Kanzlei dazu nach Los Angeles geschickt werden, fällt sie aus allen Wolken und kann ihr Unglück kaum fassen.

In L.A. kommen sich die beiden jedoch schnell näher und erkennen, dass der erste Eindruck oftmals trügt, dass vieles nur Fassade ist, und was wahre Liebe bedeutet. Doch dann kommt alles ganz anders...

„Ein Mistkerl zum Verlieben" ist exklusiv auf Amazon als eBook und als Taschenbuch bei erhältlich!

Die Schriftstellerin Taylor Willows nimmt sich nach der Trennung von ihrem Freund eine Auszeit bei ihren Eltern in Kalifornien, um mit der Vergangenheit abzuschließen, ohne zu ahnen, dass diese wie versessen darauf sind, sie mit dem Sohn der neuen Nachbarin zu verkuppeln, der so ganz nebenbei der begehrteste Junggeselle Hollywoods ist.

Nachdem der charmante Dylan Taylor erst Interesse vorheuchelt, sie ihn dann aber dabei ertappt, wie er sich abfällig über sie äußert, ist für sie der Ofen aus und Dylan - trotz seines Hollywoodbonus und seines unwiderstehlichen Charmes - Geschichte, bis die beiden sich auf einem Flug wieder über den Weg laufen und zu allem Überfluss in einem kleinen Nest in Nebraska stranden.

Abgeschnitten vom Rest der Welt kommen sie sich rasch näher - und stehen gleich vor einem ganzen Haufen neuer Probleme. Allen voran Jenes: der Hollywoodstar und der Bücherwurm von nebenan - das geht doch gar nicht, oder?

"Hollywood und Bücherwurm - die ideale Strandlektüre, die den Lesern ein Lächeln auf die Lippen zaubert und das Herz erwärmt"

„Hollywood & Bücherwurm“ ist exklusiv auf Amazon als eBook und als Taschenbuch erhältlich!

Was, wenn das Schicksal dir eine zweite Chance schenkt?

Scarlett Holloway lebt in New York. In ihrem Beruf als Ärztin erfolgreich, ist ihre Beziehung gerade zum Scheitern verurteilt, als sie bei ihrer verpatzten Geburtstagsparty den attraktiven - und ebenfalls vergebenen - Staatsanwalt Charlie kennen lernt.

Sie ahnt nicht, welch besondere Rolle Charlie in ihrem Leben einnehmen wird - und welche er schon lange darin spielt!

„Bis wir uns Wiedersehen" ist exklusiv auf Amazon als eBook erhältlich

Mehr gefällig? Besuchen Sie die Homepage von Daniela Felbermayr, informieren Sie sich über Neuigkeiten und Veröffentlichungstermine und schmökern Sie in Leseproben zu neuen Büchern und nehmen Sie an Gewinnspielen teil.

www.pink-powderpuff-books.com

Werden Sie ein Fan auf Facebook:

www.facebook.com/pink-powderpuff-books

Folgen Sie ihr auf Twitter:

https://twitter.com/PinkPowderpuffB

ABOUT THE AUTHOR

Daniela Felbermayr wurde 1980 in Linz geboren und wuchs im oberösterreichischen Enns auf. Schon in frühester Kindheit begann sie, Geschichten auf der alten mechanischen Schreibmaschine ihres Großvaters zu schreiben, verbrachte oft ganze Nachmittage damit, ihre Fantasie zu Papier zu bringen und kreierte so unzählige Märchen- und Kindergeschichten.

Das Schreiben hat sich wie ein roter Faden durch ihr Leben gezogen und war immer Bestandteil ihres Alltags. Zuvor bereits auf Plattformen für Hobbyautoren unterwegs hat Daniela Felbermayr mit "Bis wir uns wiedersehen" im April 2013 ihren Erstling veröffentlicht und wird dem Schreiben aufgrund des durchwegs positiven Feedbacks treu bleiben.

Privat lebt sie mit ihrem Lebensgefährten sowie drei Katzen und zwei Meerschweinchen in Oberösterreich. Ihre Freizeit verbringt sie zum großen Teil auf dem Rücken ihres Pferdes, aber auch hinter Büchern und natürlich dem Laptop - um für Lesenachschub für ihre Leser zu sorgen.

Nähere Infos zur Autorin, aber auch zu ihren

aktuellen und zukünftigen Romanen finen Sie auf der Homepage

www.pink-powderpuff-books.com

auf der Facebookseite “Pink Powderpuff Books” oder aber über den mit dieser Seite verbundenen Twitteraccount.

14861495R00120

Printed in Poland
by Amazon Fulfillment
Poland Sp. z o.o., Wrocław